祝祭の屋台を二人でぶらり
「シンプルな味だが
面白い食感だろ」
「口の中で甘さを残して
食べられるのは楽しいわ。
こんどアリスにも食べさせたいわね」

「ルノアお姉ちゃんとミーシャお姉ちゃん、がんばれ～」

タッグトーナメントに参加＆観戦！

『こんな時間にお誘い頂くなんて一体何の用かしら？』
『言わなくても分かるのではなくて？』

ブチ切れ令嬢は報復を誓いました。

The Furious Princess
Decided to Take Revenge

—魔導書の力で祖国を叩き潰します—

5

Author
はぐれメタボ
Illustrator
昌末

口絵・本文イラスト　昌未

5

The Furious Princess
Decided to Take Revenge

CONTENTS

序章

中央大陸の北側に位置するユーティア帝国《ていこく》。下級貴族のタウンハウスや大商人の邸宅《ていたく》が建ち並ぶ帝都《ていと》の高級住宅地にある屋敷《やしき》の執務室《しつむしつ》で私は近く迫《せま》った祝祭の準備に追われていた。庶民《しょみん》にとっては楽しいお祭りなのだが、商人にとっては大きな商機である。私の商会でも幾《いく》つかの企画《きかく》が予定されていた。

執務室にノックの音が響《ひび》き、入室を許可すると書類の束を手にしたルノアが入って来た。

「失礼します。エリー会長、レブリック辺境伯《はく》領のガナ村から商材が届きました」

「後で確認《かくにん》するから納品書は机の上に置いておいて」

「はい」

ガナ村は化粧品《けしょうひん》の生産拠点《きょてん》となっている村だ。獣王《じゅうおう》連合国へ向かう前に指示を出しておいた商材が納品されたのだろう。

「この商材、いつもの物とは違《ちが》いますね？」

「ええ。少し品質を落として値段を抑《おさ》えた商品よ」

「ああ、アンフェール商会の方の商材でしたか」

アンフェール商会は祝祭に合わせて稼働《かどう》させる予定の新しい商会だ。貴族をメインターゲットにした高級志向のトレートル商会とは違い、アンフェール商会が取り扱《あつか》うのは貴族向けの商品に比べれば安価だが、平民がなんとか手が届くくらいの商品であり、更《さら》には服や装飾品《そうしょくひん》も取り扱うつもりである。

「今までは既存《きそん》の商会に配慮《はいりょ》して庶民向けの商品にはあまり手を出してなかったけれど、帝都の高級化粧品を扱う商会の六割程《ほど》を傘下《さんか》に収めた今、庶民の上位層までなら取り込《こ》めると思うのよね」

商業ギルドに提出する書類にサインを入れて書類の束を机に置いたルノアに手渡《てわた》すと、隣《となり》の机で資料を整理していたミーシャが疑問を投げかけて来た。

「でも何でわざわざ新しい商会を作るのですか？　トレートル商会内に別部門を作る方が簡単ですし、税に関しても抑えられると思うのですが」

「そうね。ルノアは理由が分かるかしら？」

話を振《ふ》るとルノアは少し考えてから口を開く。

「えっと……ブランドイメージを守る為《ため》でしょうか。トレートル商会は貴族様の顧客《こきゃく》を多く抱《かか》えているから、比較的《ひかくてき》安価な商品を平民相手に販売《はんばい》する様になると会員制で購入者《こうにゅうしゃ》が限られる事に価値を感じている貴族様が離《はな》れる可能性があるんだと思います」

「それが一番大きな理由ね。貴族の中には商品自体の品質よりも特別感や希少性に大きな価値を感じる人も少なくないから、窓口を平民と同じにすると、その価値が低下したと取られかねないのよ」

「では一番ではない理由の方は何ですか？」

「リスクの分散よ。トレートル商会とは違ってアンフェール商会では衣服や装飾品、雑貨など幅広《はばひろ》く商《あきな》って行く予定でしょう。自社製品だけじゃなくて別大陸からの輸入品も取り扱うからには想定外のトラブルを完全に防げるとは言えないから、最悪の場合、トレートル商会を守る為に経営を分けるのよ」

「あくまでも同じ人物が経営する別の商会という扱いで共倒《ともだお》れを防ぐのですね」

「ええ。後は税を多めに払《はら》って上の心証を良くしたいという下心も無いとは言わないわ」

私が戯《おど》けて言うと二人はクスリと笑う。

「ん？　これ……以前より通行税が上がってませんか？」

ルノアが持ってきた書類を手に取ったミーシャが首を傾《かし》げる。書類を受け取り目を通すと、確かに今までに納品された商材と比べてかなり通行税が高くなっていた。

「そうね。ミーシャ、運送の担当者から各領地の通行税の内訳を貰《もら》って来て頂戴《ちょうだい》」

「はい」

小走りで部屋を出ていったミーシャは各地の領地を通過した時に支払《しはら》った通行税の記録を持って直《す》ぐに戻《もど》って来た。その記録によると一ヶ所、今までに比べて格段に通行税が高くなっている領地が有った。

「ディルク男爵《だんしゃく》領の通行税が上がっているわね」

「ディルク男爵領ですか」

ルノアが少し苦い顔をする。ルノアは初めて帝都に来た時にディルク男爵領で野盗《やとう》の矢に狙《ねら》われた事が有るからだろう。

「これはうちの商会をピンポイントで狙った物ではないでしょうか？」

「どう言う事ですか？　通行税は商会ごとに個別に設定したりは出来ないのでは？」

「確かに商会ごとには設定できないけれど、商会規模や品目でなら設定できるんだよ」

私はルノアの言葉に頷《うなず》く。

「確かに帝国法では領主は自分の領地を通行する商人に対して品目と規模で分けて通行税を設定できるわ」

「ディルク男爵領が税率を上げたのは大規模商会が取り扱う化粧品やその素材に対する通行税だけです。レブリック辺境伯領内の化粧品を商う主な商会がほぼトレートル商会の傘下に入っている現在、帝都との通商ルートでディルク男爵領を通っている化粧品を扱う大規模商会はトレートル商会だけです」

「ディルク男爵様に抗議文《こうぎぶん》を送りますか？」

「難しいわね。確かに高いけれどディルク男爵領の税率は領主の持つ権利内で収まっているわ」

「では別のルートを使いますか？」

「う～ん。ディルク男爵領を通らないルートだとかなり遠回りなのよね。ちゃんと計算しないと分からないけど、多分その分の輸送費を考えると今まで通りディルク男爵領を通る方が良いと思うわ」

「そうですか……一応、安く運べるルートが無いか探してみますね」

「ええ、お願いね」

今より安いルートを見つけるのは難しいだろうが、ルノアが商人として積極的に行動しようとしているのを止める必要はないだろう。通商ルートの開拓《かいたく》の勉強にちょうど良いしね。

「少し休憩《きゅうけい》にしましょうか。ミーシャ。お茶を淹《い》れてくれる？」

「はい」

ミーシャが分類した資料を引き出しにしまい席を立った。この執務室には簡易的な水場も有るのでお茶くらいならすぐに淹れられる。

「今やっている手続きが終わったら後は通常業務だけだから、明日からはいつも通りになるわ。気の早い商人はもう露店《ろてん》を出したりセールをしてたりするから二人も行ってみると良いわ」

「はい。アリスちゃんやリリちゃんと四人で見て回る約束をしているんです」

「リリ……ああ、ユウの所の子ね」

「はい」

リリは友人である薬師ユウの弟子《でし》だ。最近、休日には冒険者《ぼうけんしゃ》としても活動を始めたルノアは、よくユウの薬屋に訪《おとず》れてリリの作った薬を購入《こうにゅう》しているらしい。

私が自分の机を上を片付けたタイミングでミーシャが盆《ぼん》の上に人数分のティーカップを載《の》せて戻って来た。ティーカップを受け取り口をつける。ミーシャはかなり腕《うで》を上げたようで適温で淹れられた紅茶は香りも良く美味《おい》しい。最近は珈琲《コーヒー》を飲む事が多かったが、たまには紅茶も良い物だ。

「そう言えば帝都での祝祭って何が行われるのですか？」

「初日に皇族によるパレードの後、宮廷《きゅうてい》の一部が解放されてバルコニーから皇帝《こうてい》陛下の演説があって祝祭が始まるわ。貴族はパーティーや儀式《ぎしき》があったりと忙《いそが》しいけれど、平民にとっては屋台や露店が増えて旅芸人なんかが集まるただのお祭りね。帝国各地でも大小あれ祭りが行われるわ」

この時期になると大陸各地から多くの人々が帝都へと集まる。前回は私はまだ帝国に居なかったのでこの目で直接見た事はないが、五年に一度の帝国最大のお祭りだ。さぞかし賑《にぎ》わう事だろう。

「そうですね。レブリック領でも街を上げてのお祭りが有った気がします」

「私は旅生活だったのであまり記《き》憶《おく》に有りませんね」

ルノアやミーシャの年齢《ねんれい》なら前回の祝祭は5歳《さい》前後か。あまり記憶が無くてもおかしくはない。

「そもそも何の祝祭なんですか？」

「あら？　知らなかったの？」

「はい。両親も特に何も言っていなかったので」

「それは仕方ないかも知れないわね。確か猫人《ねこじん》族は元々帝国北部に住んでいた部族で、帝国が図版を広げた時に特に争う事なく臣従して帝国臣民に組《く》み込まれたと聞いたわ。祝祭は帝国も元になった旧ユーティア王国の建国の話を起源にしているから、旧ユーティア王国やその周辺国以外にルーツを持つ部族には馴《な》じみが薄《うす》い事もあるらしいわね。最近は帝国全土に広がっているけれど」

「そうだったのですね」

「私も単に建国関係のお祭りとしか知りませんでした」

一般人《いっぱんじん》の認識《にんしき》としてはルノアぐらいが普通《ふつう》なのだろう。

「今回は商会は従業員に任せておくから私達《たち》は祝祭を楽しみましょう」

「「はい！」」

一章 《前夜祭》

「はい、アリス」

私は小銀貨二枚と銅貨を十枚程入れた小さな革袋《かわぶくろ》をアリスの首に掛《か》けてあげた。

「外では必ずルノアかミーシャと一緒《いっしょ》に居るのよ」

「うん！」

アリスはこれからルノアやミーシャ達と共に露店や大道芸を見に行くそうだ。私も同行したいところだが、今日は生憎《あいにく》とこれから取引の約束があって出掛《でか》けなければならない。

流石《さすが》に帝都、それも治安の良い中心街に近い場所だ。祝祭に合わせて衛兵の見回りも増えているので、以前のように誘拐《ゆうかい》などはないだろう。それにアリス達には秘密だが、念《ねん》の為《ため》にバアルの部下の中から隠密《おんみつ》に長《た》けた者を数名護衛に付けている。万全《ばんぜん》の態勢だ。

「エリー様。馬車の用意が出来ました」

「ありがとう」

街に繰《く》り出すアリス達を見送り、私とミレイは馬車へと向かう。物の価値が分からない愚《おろ》かな貴族を刺激《しげき》せずに商会の長としての品格を失わない馬車は、装飾《そうしょく》は少ないが上等な素材で作られた、見る者が見ればその価値が分かる高級品だ。

「お嬢《じょう》。嬢ちゃん達はもう出掛けたのか？」

「ええ。せっかくのお祭りなんだからあの子達も楽しんで来ればいいわ」

馬を撫《な》でていたバアルにそう答えてミレイと共に馬車に乗り込んだ。私達が席に腰《こし》を落ち着けた事を確認したバアルは馬車の扉《とびら》を閉めて御者台《ぎょしゃだい》へと乗り込み手綱《たづな》を握《にぎ》る。軽く鞭《むち》が振るわれ馬車はゆっくりと進み始めた。門を抜《ぬ》けて道に出ると、普段《ふだん》は静かな高級住宅地の路地が何処《どこ》となく浮《う》き足立《あしだ》って感じられた。

「何だか浮《う》わついた空気を感じますね」

「帝都の民全員が祝祭を楽しみにしているのでしょう」

「エリー様もお楽しみになられたら良いですね」

「そうね。以前ならこの手の祝い事はホスト側として忙しくしていたから……商会も祝祭が始まれば人に任せられるし、アリスとイベントを回るのも良いわね」

ミレイと話している間にも馬車は貴族街に向かって進んでいた。私達が向かっているのは帝国就業ギルド評議会の一員であり、商業ギルドのグランドマスターを務める《先見伯》アルバート・グイード伯爵の屋敷だ。

「今回の取引はグイード伯爵の方からお声が掛かったのですよね？」

「正確には伯の御子息《ごしそく》からよ。グイード伯爵は領地の港を整備し、大陸外との輸出入を行う事によって莫大《ばくだい》な財を築き上げた御仁《ごじん》。そして後継《こうけい》である御子息は輸出入だけではなく、国内での運送から販売まで一貫《いっかん》して行う事を目標にしているそうよ」

「それで私達の商会に」

「ええ。商売の計画としては良いと思うけれど、ノウハウの蓄積《ちくせき》もなく参入すれば手痛いしっぺ返しを受ける事は想像に難くないわ。そこで、うちのアンフェール商会との業務提《てい》携《けい》を行う事で経験を蓄積しようと言う腹積りなのでしょうね」

軽く肩《かた》をすくめて私の予想を語って聞かせた。

「こう言うとこちらが利用されている様に聞こえるけれど、今回の話は私達の方にも大きな利益があるわ。グイード伯爵の商会との繋《つな》がりは大きな利益になるし、何より次代の《先見伯》への貸しを作れるというのはとても大きい」

ここで上手《うま》く関係を築ければ将来的に他の大陸との取引の可能性もある。現在、トレートル商会と友好的な関係にあるハーミット伯爵も港を持っているが、あそこは地理的な関係で中央大陸各地との交易が主だ。前に南大陸からアクアシルクの生産の為に《アクアクローラー》を輸入した様に他の大陸との交易が無い訳ではないが、やはりグイード伯爵家の商会に一日の長がある。

「そういう訳で今回の取引は実利以上に大きな意味を持つのよ」

◆

エリーがグイード伯爵家へ馬車を進めている頃《ころ》、アリスはルノアとミーシャに手を引かれて広場へとやって来ていた。この辺りは貴族街に近く、下級貴族や騎士《きし》、羽振《はぶ》りの良い商人などが居を構えるエリアであり、数日後に控《ひか》えた祝祭の為に警備の兵士が増員されている。揉《も》め事《ごと》などが起これば すぐに仲裁《ちゅうさい》されるだろう。

広場は普段は住民の憩《いこ》いの場として物静かな空気が流れているのだが、今日は威勢《いせい》の良い客引きの声があちらこちらから聞こえてくる。祝祭に合わせて帝都に来た商人や旅芸人だが、祝祭の当日に到着《とうちゃく》する訳では無い。ある程度余裕《よゆう》を持って到着した彼《かれ》ら彼女《かのじょ》らは、こうして少し早く仕事を開始するのである。行政側も毎回の事なので特に混乱する事もない。

「すごい人だね」

「はい。アリス様、手を離してはいけませんよ」

「うん！」

アリス達が広場にある噴水《ふんすい》の前で待っていると程なくして一人の少女が声を掛けて来た。

「お待たせ」

軽く手を上げてアリス達に近づいて来たのは薬師ユウカ・クスノキの弟子であるリリだ。

「まずは何処《どこ》に行きましょうか？」

「広場の中心部に旅芸人が集まっているらしいからそれを観《み》に行こうかな。露店での買い物はその後でどうかな？」

「そうですだね」

「早く行こう」

「アリス様、走ったら危ないですよ」

ルノアとリリはアリスに手を引かれ小走りになるミーシャを慌《あわ》てて追いかけた。広場の中心には初代皇帝の銅像が建っており、その周りでは多くの旅芸人や吟遊《ぎんゆう》詩人が各々《おのおの》の芸を披露《ひろう》していた。

「以前ケレバンの街で観た物よりもかなりレベルが高い気がしますね」

「そうだね。あ、魔物《まもの》を連れてる。テイマーなのかな？」

「お姉ちゃん達！　あれ見て」

アリスの声にルノアとミーシャが振り向くと空に大きな虹《にじ》が架かり、その上を着飾《きかざ》った芸人がジャグリングをしながら歩いていた。

「どうなっているのでしょうか？」

「まほう？」

「多分ね。細い足場か何かに被《かぶ》せる様に幻影《げんえい》の魔法《まほう》を使っているのかな？」

芸人が虹の橋を渡《わた》り切った瞬間《しゅんかん》、虹は光の粉となり、七色に光りながら周囲に降り注ぐ。

「すごく高度な魔法だね。多分数人の魔法使いが協力して作っているんだよ」

その後も、鞭を振るい魔物に火の付いた輪を飛び越《こ》えさせる者や口から剣《けん》を飲む男、次から次へと一瞬《いっしゅん》で服装を変える女などのショーを楽しんだアリス達は、中心部を少し離れて露店商が敷物《しきもの》に商品を並べている場所までやって来ていた。

「アリス様は何か買いたい物とかはあるのですか？」

「アリスはねぇ、ママにお土産《みやげ》をかいたい！」

「エリー様にお土産ですか。良いですね」

「じゃあ雑貨系が多い方に行こうか」

「確か向こうの方だったっけ」

リリが先導し移動すると、次第《しだい》に露天商が取り扱う商品が変わってくる。この場所の露

店は国が管理しており、事前に申請《しんせい》した取り扱い商品の種類によって場所を振り分けられているのだ。広げられた商品を適当に眺《なが》めながら歩いていると、不意にミーシャが声を上げた。

「あ！」

「如何《いかが》したの？」

「ああ、いえ。少し気になる物を見つけまして」

ミーシャはある露店の前で立ち止まった。ミーシャが見ていたのは変わったデザインの短剣《たんけん》だ。

「あまり見ないデザインだね」

「この短剣……」

ルノアは短剣をじっと見つめてミーシャの耳に口を寄せる。

「ミーシャちゃん。この短剣結構良い物みたいだよ」

「そうなんですか？」

「うん。上手く鑑定《かんてい》出来なかったんだけどかなり良い素材で作られてると思う」

ルノアが短剣を手に取り店主に話しかける。

「すみません。この短剣ってどんな物ですか？」

「ん？　それは……ええっと、確か古い遺跡《いせき》から発掘《はっくつ》された短剣だな。知り合いの商人から売れ残った物を買い取ったやつだから詳《くわ》しくはわからないんだ」

「そうなのですね」

「へんな飾《かざ》りがついてるね」

「ああ、多分魔物素材だろうな。なんの魔物の素材かはわからないけどな」

「しかし発掘品なら高価な物なのではないですか？」

「いや、見た目かなり綺麗《きれい》だから多分レプリカだろう」

「確かに発掘品にしては綺麗だね」

「買うのかい？」

「ミーシャちゃん、どうする？」

ルノアが振り返りミーシャに聞く。

「そうですね。お幾らですか？」

「銀貨二枚と小銀貨一枚ってところかな」

提示された金額にミーシャが悩《なや》むとルノアが店主に交渉《こうしょう》を始めた。

「レプリカですし銀貨一枚と小銀貨三枚くらいではないですか？」

「いやいや、お嬢ちゃんそれは流石に無理ってもんだ。銀貨二枚になら負けてやろう」

「では間をとって銀貨一枚と小銀貨四枚ではどうですか？」

「はっはっは。わかった、わかった。銀貨一枚と小銀貨九枚だ」

「……これ以上は無理ですね。わかりました。ミーシャちゃん良いかな？」

店主が本当にこれ以上引く気がないと感じたルノアはミーシャに確認する。

「は、はい。ありがとうございます」

「お嬢ちゃん良い引き際だったな」

店主がミーシャから代金を受け取りながらルノアに笑いかける。短剣を受け取り店主に別れを告げ別の露店を見て回る。するとアリスがアクセサリーを売っている露店で足を止めた。

「アリス様、何か良い物は有りましたか？」

「う～ん。どれがママににあうかな？」

「アリスちゃんが似合うと思う物を選ぶと良いよ」

アリスは目を皿のようにして並べられたアクセサリーを真剣《しんけん》に見つめる。

「じゃあこれ！」

アリスが一つのアクセサリーを選んだ。

「綺麗ですね」

「良いんじゃないかな。エリーさんのイメージにもあうと思う」

「きっと喜ぶよ、エリー会長」

◇

グイード伯爵家の屋敷は貴族街の中でもかなり外側にある。彼の立場や爵位を考えるともっと王城に近い位置に有ってもおかしくはないが、商業ギルドのグランドマスターでもあるアルバートはギルドに近い場所に屋敷を移したと聞いている。

「あそこがグイード伯爵のお屋敷ですね」

白を基調としたモダンな屋敷だ。アルバートからの手紙を門番に見せて中に案内される。翼《つばさ》を持つドラゴニュートの一族であるグイード伯爵家の屋敷らしく、造りこそ変わらないが廊下《ろうか》や扉をよくみると少しだけ幅《はば》が広めに造られているようだ。縁戚《えんせき》の者なのか使用人にもドラゴニュートが多く、私達を先導してくれているメイドも背中には立派な翼が生えている。案内された部屋の中には既《すで》にアルバートとその子息エドワード・グイードが待っていた。

「お待ちしておりました。エリー会長」

和《なご》やかな笑《え》みを浮かべて歓迎《かんげい》の言葉を口にする私と同年代の青年に一瞬目を丸くしたが、すぐに微笑《ほほえ》みを浮かべて差し出された手を取り握手《あくしゅ》を交《か》わした。アルバートの話ではエドワードは学院を卒業して数年領地で勉強していたそうで、こういった事業に関する交渉ごとは初めてなのだそうだ。アルバートは同席はするが手も口も出さないつもりらしい。私がエドワードに気づかれない様にアルバートに視線を向けると彼は苦笑いを浮かべていた。私の素性《すじょう》を考慮《こうりょ》してこの様な対応をしたのかもしれないが、現在の私は平民の商人だ。この様な場合貴族側が先に部屋で商人を待っているのは異例な事だ。それに交渉を全面的に任されているとは言え、今回私を招待したのはあくまでもアルバート。彼に正式に紹介《しょうかい》される前に挨拶《あいさつ》をするというのも頂けない。故に私はエドワードの挨拶には笑顔《えがお》のみを返し、アルバートに向き直って深く頭を下げた。

「久しいな。レイス商会長」

「お久しぶりです。アルバート様」

「息災であったかね？」

「お陰様《かげさま》で良い商売をさせていただいております」

「そうか。今回の取引に関しては全面的に息子《むすこ》のエドワードに任せるつもりだ」

アルバートは席を立つとエドワードの肩に手をかける。

「見ての通りの若輩者《じゃくはいもの》だ。遠慮《えんりょ》なく絞《しぼ》ってやってくれ」

アルバートに紹介された事で、私は初めてエドワードに対して口を開く。

「トレートル商会の商会長を務めますエリー・レイスと申します。どうかよろしくお願い致《いた》します」

「し、失礼致しいました。エドワード・グイードと申します」

私とアルバートの様子に自身の失態を悟《さと》ったのか、少々顔色を悪くしながら改めて挨拶をするエドワードだが、平民の商人相手にそこまで謙《へりくだ》るのも悪手だ。彼はこの後アルバートから説教を受ける事になるのだろう。

「さて今回の取引ですが、我《わ》が家《や》で仕入れた商材を使った輸送、販売と総合的な展開を考えております。つきましては女性用化粧品の販売に大きなシェアを持つトレートル商会に業務提携をお願いしたくこの場を設けさせて頂きました」

「なるほど。ではまず初めにその事業計画書を拝見させていただけますでしょうか?」

「はい。こちらです」

渡された資料には輸送費や管理費、保管費など細かく計算された数字が並んでいた。貴族としての対応はまだまだだが、能力だけを見ればアルバートはかなり優秀《ゆうしゅう》な人間のようだ。

「なるほど。つまりそちらからは物資を、此方《こちら》からはノウハウを提供するという事ですね」

「はい。当方は別大陸の希少な素材も多く扱っておりますし、そちらにとっても多くの利があるある取引だと考えます」

「そうですか。ですがこのプランではそちらがノウハウを吸収した後、当方との関わりを続ける理由が薄い様に感じられますが？」

「え、それは当然信頼《しんらい》して頂ければ……世話になった者を裏切る様な真似《まね》は致しません！」

「エドワード様。私も当然エドワード様がその様な不義理な事をするとは考えておりません。しかし私の判断には商会に所属する者達とその家族の生活が掛かっております。商会の責任者としてエドワード様が帝国で立場のある貴族のご子息であるというだけで信頼し動く事はできません」

私は資料をエドワードに返す。確かに彼は帝国の名門貴族グイード伯爵家の嫡男《ちゃくなん》だが、彼自身が爵位を持っている訳ではない。その程度では信頼の担保には足りていないのだ。

「申し訳ありませんが、このままではお受けできませんわ」

「お、お待ちください！」

エドワードは慌てて私を呼び止める。

「では魔《ま》法契約《ほうけいやく》を交わすのは如何でしょうか」

「魔法契約が有効なのは個人に対してだけです。私かエドワード様が死んだ後には効力を発揮しません。リスクに対してこちらの利は薄いと考えます」

「では魔法契約に加えて、当家の保有する商船の内の五隻《せき》分の名義をお譲《ゆず》りするというのは如何でしょうか」

「名義ですか」

「はい。今までお付き合いのなかった間柄《あいだがら》で信頼が生まれるには時間が掛かるでしょう。当家は現在百五十三隻の貿易船を運用しております。その内の五隻分の名義をトレートル商会にお譲り致します。当然これはそちらの財産ですから、後継者《こうけいしゃ》へと相続できます。当方はそちらの船を借用する事で対価をお支払い致します」

「ほう」

エドワードは船の一隻あたりの借料を提示する。

「船の整備や人員に関する費用は？」

「船の運用は当方が行いますのでこちらがお支払い致します。その代わり、船の運用方法は貸出のみ、貸し出す相手は当方と限定させて頂きます」

面白《おもしろ》い。つまりお互《たが》いの取引の歴史が積み重なるまでの担保というわけか。こちらに渡すのはあくまでも船の名義。私が自由に船を使える訳ではなく運用はグイード伯爵家側が行う。こちらとしても船だけを渡されるより有用だ。持ち出しはなく定期的な利益を得られる。

「悪くないお話ですね」

「では！」

「十隻」

「うっ……」

「十隻分の名義を頂きたいと思います」

エドワードは言葉に詰《つ》まる。やはり彼は正確な数字を把握《はあく》してから動くタイプの人間だ。私ならば今回の取引で得られる利益に対して十隻分の名義では釣《つ》り合いが取れないと感覚でわかる。しかしエドワードは明確に数字を計算して利害を判断する。その為、判断が一瞬《いっしゅん》遅《おく》れてしまうのだろう。

「六隻で如何でしょうか」

「足りませんね。最低でも八隻分は頂かないと」

「……七隻なら如何でしょうか？　流石にこれ以上は私の独断では動かせません」

「そうですね…………では船は五隻のままで、積荷の内容に意見を出す権利と交易で出た利益の〇・〇五％では如何でしょうか。更にこちらからはアンフェール商会として確保している店舗《てんぽ》を適正価格の七割の値でお貸し致しましょう。もし仮に事業を撤退《てったい》させる事になった場合無駄《むだ》な資産を抱える心配が有りませんよ。事業が軌道《きどう》に乗った時にはそのまま店舗を売却《ばいきゃく》しても構いません」

「事業のリスクを軽減させてくださるという事ですか。わかりました、ではその条件で。ただ積荷に関しての意見はお聞きしますが最終決定権はこちら側にあると明記させて下さい」

「畏《かしこ》まりました。魔法契約書は当方がご用意致しますか？」

「いえ、こちらで。申し訳ありませんが準備に少しお時間をいただきます」

そう告げてエドワードは魔法契約書を用意する為に部屋を出ていった。その背中を見届けて部屋の端《はし》の椅子《いす》に腰掛《こしか》けて静観していたアルバートが苦笑《くしょう》を漏《も》らす。

「ふぅ。随分《ずいぶん》と掻《か》っ攫《さら》って行ったな」

「あら、アルバート様が絞り取って良いとおっしゃったのではないですか」

私は苦笑いするアルバートに何食わぬ顔でそう返した。あのまるで譲歩《じょうほ》したかの様に提案した条件だが、既に購入している店舗を貸し出すだけなので賃料として利益が入るのはこちら側だし、積荷への口出しと利益の〇・〇五％は明らかにこちらの利益が大きい。

「して、我が愚息《ぐそく》は如何だった？」

「そうですね。貴族としての対応はまだまだ経験不足。商人としては優秀ですが、交渉事は他に任せるか補佐をつけるべきでしょう。ただ、企画力《きかくりょく》や運営の才能には光る物を感じます。エドワード様が提案された条件。あれは近年北大陸で見られる株式という物に近いですね」

「ふむ。商会の経営者以外の他者に対して商会の運営費の一部を負担させる代わりに配当や経営に関わる権利を与《あた》えるというあれだな」

「はい。何処かで知っていたのか自身で思いついたのかは分かりませんが、それを咄嗟《とっさ》に交渉に折り込んだのは素晴《すば》らしい」

そう褒《ほ》めるとアルバートは満足気に息を吐《は》く。

「此度《こたび》の事はあれにとっても良い学びをなったであろう。レイス商会長には色々と気を揉ませたな」

「いえ、私も大きく儲《もう》けさせて頂きましたから」

軽くアルバートと雑談を交わしていると、数枚の羊皮紙を持ってエドワードが帰ってきた。

「お待たせいたしました」

エドワードが白紙の魔法契約書を差し出す。受け取った私は羊皮紙の表面をなぞり、刻まれた魔法陣《まほうじん》を確認《かくにん》した。

「上等な魔法契約書ですね」

「はい。現在手元にある物の中では最上の物を用意いたしました」

エドワードが持ってきたのは商人の間で一般的《いっぱんてき》に使われている魔法契約書の中でもかなり高位の物。これより上には貴族や王族が重要な取り決めで使う魔法契約書が存在する。国同士の条約や終戦の取り決めなどに使われる物だ。

「では契約内容を詰めましょうか」

エドワードは先ほど決まった商船の名義の譲渡《じょうと》や船舶《せんぱく》の貸し出しなどについて詳しく書き込んでゆく。

「エドワード様。そこの記述は表現を変えられた方がよろしいですよ。それでは別の意味に取られかねません」

「わ、わかりました」

魔法契約という物は条件を細かく設定すれば良いという物ではない。細かい設定を作ると契約内容に矛盾《むじゅん》が出やすく、不具合が起こったり、一方的な契約破棄《はき》ができる様になったりと綻《ほころ》びが生じるのだ。私は時折契約書の内容に訂正《ていせい》を入れ魔法契約の効率的な使い方をエドワードに教えた。この程度はサービスしても良いだろう。その際にまた私の利益が少し増えたが、アルバートは苦笑を深めるだけで最後まで口を出すことはなかった。

「ではこの内容で間違《まちが》いはないでしょうか？」

「ええ。問題ありませんわ」

私とエドワードは侍従《じじゅう》が用意した短剣を手に取り指先を軽く切り、自らの血で署名を入れる。私の署名はエリー・レイスの名前だが、この名前事体は重要ではないので問題ない。短剣と共に用意されていたポーションで傷を塞《ふさ》いだ私達は、それぞれ自分の署名の上に手を置き同時に魔力を込《こ》めた。すると魔法契約書から文字が宙に浮かび、私達の体の中に吸《す》い込まれて消えた。

「これで契約完了《かんりょう》ですね」

エドワードがホッとした様な顔で契約書の写しを差し出してきたので受け取り内容を再度確認《かくにん》してから鞄《かばん》にしまった。

「それでは私はこれでお暇《いとま》させて頂きます。本日は実りの多いお取引、ありがとうございました」

「こちらこそ感謝します」

私はエドワードと握手を交わし、グイード伯爵家を出るのだった。

◆

「おかしい」

ハルドリア王国の国王の執務室《しつむしつ》でブラートは文官が持ってきた報告書に目を通して呟《つぶや》いた。獣王《じゅうおう》連合国へ向ったジークが不在の為《ため》、残った者達に割《わ》り振《ふ》った仕事の一部はブラートにも回されていた。その書類を処理しながら補佐官へと視線を向ける。

「ジークからはまだ連絡《れんらく》はないのか?」

「はい。レイストン宰相《さいしょう》閣下からの定期連絡が途絶《とだ》えてすぐ連絡員を送ったのですが……獣王連合国はダンジョンスタンピードの影響《えいきょう》で未《いま》だ混乱しておりまして、レオン獣王陛下からも現在確認中であるとしか……」

「ふむ。レオンが俺《おれ》を裏切るとは思えんし、ジークはそう簡単にどうこうされる男ではない。何かトラブルがあって連絡ができないのかも知れんな。引き続き捜索《そうさく》を続けろ」

「かしこまりました」

話しながらもブラートは区画整理に関する指示書を書き上げて文官に手渡《てわた》した。その強さにばかり目が行きがちなブラートであるが、書類仕事が全くできないという訳ではない。飛び抜けて優秀とは言えないが、王族としての英才教育を受けてきた故、人並みには出来る。今まで補佐してきたエリザベートが居なくなり、ジークが不在であるなら尚更《なおさら》だ。むしろ最高の教師に最高の教育を施《ほどこ》された筈《はず》のフリードが出来なすぎるのだ。そのはずなのだが……。

「ところでこれは本当なのか？」

「はい。全て事実です」

ブラートが手に取ったのは最近フリードが手がけた仕事の報告書だった。今までの失態により殆《ほとん》どの政務から外されたフリードだったが、この人材難の中、まがりなりにも高等教育を受けた人間を遊ばせておく事は出来ないと、アデルが重要度の低い仕事を割り振っていた。その仕事なのだが、一部の隙《すき》もなく完璧《かんぺき》に仕上げられていた。何人かに確認したがどれもとても良くできているとの評価だ。この事体に頭を捻《ひね》ったブラートだったのだがしばらく考えて一つの答えに行き着いた。

「はぁ、あやつもようやく己《おのれ》の立場を理解したのか」

「と言いますと？」

「アデルを呼び戻《もど》し政務から外した事でフリードもようやく心を入れ替《か》えたのだろう。あれは昔から能力は有るのだ」

「能力ですか？」

「ああ。やれば出来るのに怠《なま》けてばかりいたからな。今更《いまさら》やる気を出したところで遅《おそ》すぎたがな。実権はアデルに任せる事は変わらん。まぁ、このまま己の価値を示すと言うなら立場くらいは考えてやるがな」

「はぁ」

文官は呆《あき》れを隠《かく》して書類をまとめて執務室を後にした。


「おかしい」

王城の一角に用意された自らの執務室でアデルは報告書を眺めながら呟いた。手にした報告書は最近政変が起こり国内が乱れている属国、ナイル王国に送り込んでいる間者からの物だ。

「ナイル王国の内乱は第一王子と第二王子の王位争いに端を発している。国王が後継者を指名する事なく崩御《ほうぎょ》された事により、第二王子が第一王子を謀殺《ぼうさつ》したそうだ」

「それで王城を武装占拠《せんきょ》ですか」

マオランが呆れた様に言うが此《こ》れはナイル王国だけの責任とは言えない。

「我が国にも責任が有るんだよね。本来、属国のこの手の問題は宗主国《そうしゅこく》であるハルドリア王国が仲介《ちゅうかい》に入って両王子の間を取り持つんだよ。でもこっちはこっちで問題が山積みだったから属国の後継者問題に手を回すのが遅《おく》れてしまった」

アデルは苦々しげにため息を吐く。

「そして第二王子は第三王子によって誅殺《ちゅうさつ》されて内乱は三日で収束。第二王子に加担した貴族も粛清《しゅくせい》された」

「では次の王は第三王子でしょうか？」

「ところが第三王子は既に王位継承権《けいしょうけん》を放棄しているんだ。しかし他の王位継承権を持つ者は第二王子に殺されていてね。ナイル王国の貴族議会から第三王子の王位継承権の回復の許可を願う書状が届いている」

「それがこれですか」

マオランが取り上げた書類は先ほど回ってきた物だ。

「……フリード殿下《でんか》の名前で申請《しんせい》されていますね」

「元々属国とのやり取りは王太子の仕事だったからね。向こうからの連絡が兄上に届いてしまったんだ」

「それでフリード殿下がこの申請書を作成されたのですか？」

「ああ……不気味だろう？　書式も付随《ふずい》する資料も完璧だ。これが文官から上がって来た書類ならボクも不思議には思わなかったけどね。取り立てて優秀な仕事という訳ではないし、至って普通で全く問題のない仕事だけれど、あの兄上がやったと思うと違和感《いわかん》しか覚えない」

「フリード殿下の部下の仕事では？」

「そう考えるのが一番妥当《だとう》なんだけどね。父上はようやく兄上にも王族としての自覚が芽生えたのだろうと喜んでいるけど、ボクは裏で何かが動いている気がしてならないんだ。こっちの問題もあるしね」

アデルは帝都《ていと》に送ったロザリアとエイワスからの報告書に手を伸《の》ばす。帝国への道中、エリザベートによって殺されたと思われるジーク・レイストンの遺体を発見、埋葬《まいそう》したとの報告だ。

「エリザベート様がフリード殿下の裏で動いていると？」

「その可能性はゼロではないけど、ボクは別の勢力の関与《かんよ》を疑っている」

「別の勢力と言うと？」

「わからない。勘《かん》としか言えないね」

「そうですか。こちらの報告ですが、国王陛下には……」

「伏《ふ》せる。別の宰相が立てられるより、宰相不在の方が動きやすいからね。ジークには悪いけど、しばらく行方《ゆくえ》不明でいて貰《もら》うよ」

「畏まりました。尻尾《しっぽ》を出すかはわかりませんが、人を出してフリード殿下の背後を洗ってみます」

アデルはマオランに頷《うなず》くと、机の上に書類を放り出して天を仰《あお》ぐ。その時、部屋にノックの音が響《ひび》き、アデルはすぐに姿勢を正した。それを確認してからマオランが扉を開くと、いくつかの書類を抱《かか》えた文官が一礼と共に入室してきた。そして文官は書類を差し出すと共に先ほど見聞きしてきた事をアデルに報告する。

「まったく、父上は一体どこまで親バカなんだ？」

文官からの報告はまさに先ほどアデル達《たち》が話していたフリードの不自然な行動に関してのブラートの反応だった。

「あれだけやらかして来た兄上が突然優秀《とつぜんゆうしゅう》になるなんてあり得ないだろ？　裏に何かいると考えるのが自然なのに。その上、それなりの立場を与える様な発言をするなんてね。帝国との間にあれだけの問題を起こしたんだ。もはやアレには他の問題を全て押《お》し付けて処分するくらいしか使い道なんてないっていうのに」

「ブラート陛下本人はお気づきではないのかもしれませんが、ご自身と同じ雷《かみなり》属性の魔力適正を持つフリード殿下を大変気に入っておられますから……」

「馬鹿な子ほど可愛《かわい》いって言うからね」

「何ですかそれは？」

「南大陸の格言だよ」

「なるほど。面白いですね」

「まぁいい。今後も父上の監視《かんし》を頼《たの》んだよ」

「かしこまりました」

アデルに頭を下げて退室する文官は代々国王の補佐をしている家系の出身だ。若い時分からブラートの補佐としてジークの下で働いてきた文官だが、彼の忠義はブラート個人というよりもハルドリア王国にあった。その為、国の今後を憂《うれ》う彼はアデルの引き抜きを受けたのだ。アデルは彼の様に優秀で使える貴族や文官を水面化で己の勢力に引き込んでいた。アデルは文官が持ってきた書類を机の上の束に戻して眉間《みけん》の皺《しわ》を揉む。

「まったく、兄上は仕事をしなくても邪魔《じゃま》だったけど、仕事をしていても邪魔だとは思わなかったよ」

開け放たれた窓から吹《ふ》き込んだ風が机の上に散らばった書類と眉間を揉むアデルの髪《かみ》をゆらゆらと揺《ゆ》らした。

◆

風に揺られる書類を手早く片付ける文官を尻目《しりめ》に男は大きく伸びをして凝《こ》り固《かた》まった体を解す。色鮮《いろあざ》やかな布を贅沢《ぜいたく》に使った豪奢《ごうしゃ》な衣装《いしょう》を身に纏《まと》った男は窓の外に見える陽炎《かげろう》が歪《ゆが》めた景色に目を向ける。

「今日も暑いな」

答えを求めたつもりはなかったが、真面目な文官は律儀《りちぎ》にも男の言葉に返答する。

「いつもの事ではないですか。此処《ここ》はまだマシですよ。熱気を遮断《しゃだん》するマジックアイテムがあるのですから」

「まぁな。そう言えば今後は更《さら》にマシになるかも知れないぞ」

男は懐《ふところ》から一枚の鮮やかな布を取り出して文官に手渡した。

「これは……アクアシルクですか⁉」

「そうだ。帝国のとある商会が作成に成功したそうだ。今後は我が国にもそれなりに入って来るだろう」

「素晴らしいですね。陛下」

「まだ陛下じゃないけどな。ハルドリア王国からの返答はどうなっている？」

「正式な通達はまだですが、使者に出した者からは継承権の回復は問題なく進められる見《み》込《こ》みとの連絡がありました。フリード王太子殿下はいろいろと噂《うわさ》がありましたから少し不安でしたが、杞憂《きゆう》でしたね……って、何を自然な動作で着替《きか》えているのですか！」

「いや、俺の仕事はもう終わっただろ？」

「終わる訳ないでしょう！　第一王子殿下の葬儀《そうぎ》だとか、粛清した第二王子派の貴族の後釜《あとがま》だとか問題は山積みではないですか」

「あ〜、あ〜、聞こえんな」

「ちょっと！」

着替《きが》えを終えた男は引き出しから取り出したスクロールの止め紐《ひも》を解きながら文官に聞く。

「お前の妹に何か伝言はあるか？」

「はぁ。貴重なスクロールを馬車代わりにして………妹に貴方《あなた》をこれ以上甘《あま》やかさない様に厳しく接しなさい、とお伝え下さい」

「へいへい。【転移《ゲート》】」

男は文官の嫌味《いやみ》に肩《かた》を竦《すく》めて返しながら光の中に消えて行った。

手狭《てぜま》だが清潔な部屋の中、床《ゆか》に広げられた魔法陣が光を放ち、魔族の角やエルフの耳、狼《おおかみ》の尾《お》など、複数の種族の特徴《とくちょう》を持った男が現れた。部屋で留守を任されていた少女が読んでいた本から視線を上げる。

「おかえりなさい。会頭」

「ただいま。オウル」

転移の魔法陣を片付けたイーグレットは仮宿としている帝都のギリギリ上等と言える宿のソファにドカリと腰《こし》を下ろした。

「そんな粗雑《そざつ》な態度を。まあ兄上に叱《しか》られますよ」

「その兄上からの伝言だ。もっと俺を甘やかして優《やさ》しく接しろってさ」

「見え透《す》いた嘘《うそ》を吐《つ》かないで下さい」

オウルはイーグレットの言葉に溜《た》め息《いき》を吐く。その顔は彼女《かのじょ》の兄の呆れ顔にそっくりだ。

「これは？」

イーグレットが机に置かれた手紙を取り上げ、宛名《あてな》書きを確認する前にオウルが答える。

「トレートル商会のエリー会長からです」

「ほう」

イーグレットは楽しげにペーパーナイフを手に取ったがその内容に目を通して微妙《びみょう》な顔をする。そんなイーグレットにオウルが尋《たず》ねた。

「楽しげな内容ではなさそうですね。私はてっきり祝祭を一緒《いっしょ》に回るお誘《さそ》いの手紙とかだと思ったのですが？」

「………手紙ではない。追加の注文書だ」

「……ああ」

オウルはかわいそうな者を見る視線をイーグレットへと向けるのだった。

◇

グイード伯爵家《はくしゃくけ》との交渉を終えて屋敷《やしき》に帰って来た時にはすっかり陽も落ちてしまっていた。帰り道だったのでバーチ商会への追加の注文書を届けにイーグレットが宿泊《しゅくはく》している宿に行ったのだが、あいにくと留守にしていた。注文書はオウルに渡しておいたので特に問題はないだろう。

アリス達は既に帰って来ており、玄関《げんかん》ホールへと足を踏《ふ》み入れると私の帰還《きかん》に気がついたアリスが駆《か》け寄って来る。手に持っていた鞄をミレイに手渡した私は、飛びついてきたアリスを抱き止《だと》めた。

「ママ！　おかえり！」

「ただいま。楽しかった?」

「うん。あのね、あのね! 大道芸人さんは口から火を吹くんだよ」

「そう。凄《すご》いわね。私も見てみたいわ」

アリスを抱え直してリビングに移動し、話を聞くことにした。アリスは以前、ケレバンの街でも大道芸を見た事があった筈だが、祝祭で帝都に集まって来ている大道芸人は数も質も違《ちが》う。中には幻影魔法《げんえいまほう》を使って神秘的な光景を作り出したり、調教した魔物に芸をさせたりする者もいたと言う。

「それでね、ママにこれを買ったの」

「あら」

そう言ってアリスが取り出したのは小さな紙袋《かみぶくろ》だった。

「アリスが選んだんだよ」

「そうなの。開けても良いかしら?」

「うん」

紙袋から出てきたのは氷の結晶《けっしょう》をあしらったへアピンだった。高価な素材ではないが、かなり丁寧《ていねい》に作られた逸品《いっぴん》だ。おそらくドワーフの細工師による物だろう。

「とても綺麗ね。ありがとうアリス」

私は手櫛《てぐし》で前髪《まえがみ》を整えると、アリスからプレゼントされたピンを刺《さ》した。

「どう?」

「すごくに合ってる!」

嬉《うれ》しそうに笑うアリスの頭を撫《な》でていると、お茶とお菓子《かし》を持ったミーシャを連れてミレイとルノアがやって来た。

「おや、良くお似合いですよ。エリー様」

「ありがとうミレイ。ルノアとミーシャもアリスの面倒《めんどう》を見てくれてありがとう。楽しかった?」

「はい。まだお祭りは始まっていないのに沢山《たくさん》の露店《ろてん》が有りました」

「色々と珍《めずら》しい物も見られました」

「そう」

そこで私はミーシャの腰に帯びている短剣《たんけん》が変わっている事に気が付いた。

「ミーシャ。その短剣は露店で買ったの?」

「あ、はい。ルノア様が多分良い物だって……何でも古王国の騎士《きし》が使っていた短剣のレプリカだとか」

「見せてくれる?」

「はい」

ミーシャが短剣を鞘《さや》ごと渡《わた》してくれたので抜《ぬ》いて刃《やいば》を確認する。

「これはレプリカじゃないわよ。古王国の騎士が使っていた本物の魔法武器だわ」

「え？」

「使われている材質や加工技術から高品質な物だと判断したのだろうけれど、おそらく知識が足りずにルノアの鑑定《かんてい》魔法では完全に見抜《みぬ》けなかったのね」

「でも露天商は何の魔法も発動しないし、そこまで古い物にも見えないからレプリカだろうって言ってましたよ？」

「内包されている魔法陣が損傷しているわね。この形式は古王国後期の物よ。もう切れているけれど、状態保存の魔法も掛《か》かっていた筈だから発掘《はっくつ》品には見えなかったのね」

「高価な物なのですか？」

「量産品で結構な数が発掘されているからすごく高い訳じゃないけど、ちゃんと実用に耐《た》える物なら金貨八枚はすると思うわ」

「き、金貨八枚ですか！」

「いくらで買ったの？」

「銀貨二枚と小銀貨一枚だったのをルノア様が銀貨一枚と小銀貨九枚に値切ってくれまし

た」

「ふふ、良い買い物をしたわね」

自分が値切った物が本物の掘《ほ》り出し物だった事を知って少し引いているルノアに苦笑が漏れる。

「でも壊《こわ》れてるんだよね？　ママなおせる？」

「ん？　ん〜多分これくらいなら直せると思うわ。いいかしら、ミーシャ？」

「はい。お手間で無ければ是非《ぜひ》お願いします」

私は【強欲の魔導書《グリモア・マモン》】から魔法を付与《ふよ》する為の道具を取り出し、興味深げに見つめるアリス達の横で早速《さっそく》作業を始めた。ついでにルノア達に魔法の付与について教える事にする。

「こういった魔導具やマジックアイテム、魔法武器と呼ばれる魔法が付与された道具に魔法陣を刻む方法はわかるかしら？」

「えっと、素材に直接魔法陣を刻むのですよね？」

「ええ。それが現代主に使われている方法ね。利点としては魔法使いによる最終的な付与作業以外はそこまで技術を必要としない事。その為に生産性に優《すぐ》れていて大量生産に向いているわ。欠点としては魔法陣を損傷した場合効果がなくなる。つまり壊れやすいって事ね。生活用のマジックアイテムなら問題はないでしょうけれど、戦闘《せんとう》用の魔法武器ではこの欠点は致命的《ちめいてき》。そこで使われるのがもうひとつの素材に魔法的に魔法陣を刻む方法よ」

短剣を魔法を遮断する作業用の布に載せて付与されている魔法陣を浮《う》き上がらせる為の魔法薬を掛ける。すると、短剣の柄《つか》に嵌《は》め込まれていた魔物素材と思われる装飾《そうしょく》から魔法陣が浮かび上がった。

「この方法は難易度が高くて現代では一部の職人しか扱《あつか》えない技術よ。私も修理する事くらいは出来るけれど。一から付与する事は出来ないわ」

浮かび上がった魔法陣を良く見てみると、周囲を囲む輪の一部が掛けていた。

「ここね。良かった。内側の複雑な部分ではないから直《す》ぐに直せるわ」

魔鳥の羽を使った羽ペンと魔石を混ぜ込んだインクを使って魔法陣を引き直し、再び付与する。

「直ったわ」

「ありがとうございます。ところでこれはどんな魔法武器なのですか？」

ミーシャに短剣を手渡すと、そう聞いてきた。そうか。まだそれを説明していなかったか。

「それは守護者の短剣と呼ばれる物で、魔法を一つだけ込めておく事ができるのよ。ただしルノアの【物品鑑定《アイテム・アナライズ》】みたいな固有魔法、一部の獣人《じゅうじん》族の【獣化《ビーストライズ》】やリザードマンの

【鱗鎧《スケイルメイル》】の様な特定の種族にしか使えない種族魔法、中級以上の魔法とかは無理だけれど、下級魔法ならどの属性でも込められるわよ」

私は手を伸ばしミーシャが持つ短剣の柄の装飾に触《ふ》れて【癒しの水《アクア・ヒール》】を発動させる。小さな傷の回復と解毒《げどく》の効果を持つ水属性の下級治癒《ちゆ》魔法だ。

「抜いて柄の装飾に触れながら軽く魔力を流してみなさい」

「は、はい。えっとこうですか？」

ミーシャが短剣を抜き魔力を流すと、刃の先から青い光を放つ水の塊《かたまり》が発生した。

「魔法を込める時は装飾に触れながら魔法を使えば良いわ。込めた魔法は一度使用するとなくなるから気を付けなさい。守護者の短剣の起動に少しだけ魔力を使うけれど魔法自体は魔法を込めた者の魔力を使うから魔法が使えない騎士《きし》には重宝したそうよ」

ルノアやアリスも魔法を込めてみたりしていると、ミーシャが思い出した様に私に視線を向けた。

「そうでした。実はエリー様にお願いがあるのですが……」

「お願い？　珍しいわね。どうしたの？」

「これに出場したいんです」

ミーシャが取り出したのは粗《あら》い紙に記されたイベントの告知だった。

「闘技大会《とうぎたいかい》？」

「はい。一度自分の力を試《ため》したいと思いまして……」

「別に構わないけれど……祝祭の闘技大会っていうと腕《うで》の立つ冒険者《ぼうけんしゃ》や傭兵《ようへい》が多く参加するわよ。上位に入れば国の騎士や貴族の私兵にスカウトされる事もあるし、現役《げんえき》の帝国《ていこく》騎士だって参加するわ。はっきり言うと今のミーシャの実力だと腕試《うでため》しにはならないと思うけど」

「それはわかっています。だから本大会ではなく、こっちのタッグトーナメントに出たいんです」

「タッグトーナメント？」

告知の紙をよく見ると隅《すみ》の方に小さく二対二のタッグトーナメントの案内が書かれていた。

「こんなイベントあったかしら？」

「どうやら今回からのイベントらしいですね。扱いとしては本大会の前座に近いようです。確かに上級冒険者などの実力のある者はより個人の実力が目立つ本大会に出るでしょうからタッグトーナメントの出場者の質は本大会ほど高くはならないと思われます」

ミレイはタッグトーナメントについて知っていたようだ。

「しかし、なんで急に今までの闘技大会より質の落ちるタッグトーナメントを？」

「個人の技巧《ぎこう》だけではなく、チームとしての実力も評価されるべき、との事ですが……それは表向きの話で、実際の理由はこれでしょう」

ミレイが私が持っていた告知の紙を指差す。

「帝国大闘技大会主催《しゅさい》：ホーキンス金融《きんゆう》……《頭目《とうもく》》が噛《か》んでいるのね」

「はい。前回までの闘技大会の主催は帝国でしたが、ダルク・ホーキンス氏が権利を買い取ったそうです。帝国としても開催にかかる費用は出場料、観戦料でトントン。腕の立つ者を探せはしますが、あまり費用対効果が良いイベントではなかったそうです。運営が民間に移った事で大々的に賭《か》けも行われるらしく帝都の人々の間で噂になっています」

「なるほどね。主催が胴元《どうもと》なら試合数を増やした方が儲《もう》けが出るって事か。まぁ、そういう事なら出場は問題ないけれど……ペアの相手はどうするの？」

「あ。私がミーシャちゃんと一緒に出るつもりです」

「ルノアも？」

「はい。私もお休みの時に冒険者として魔物の討伐《とうばつ》とかしているので何処《どこ》までやれるのかなと思いまして」

「ふむ。対人戦の経験を積むと考えれば悪くはないわね。いいわ。二人とも出場は許可するけど大怪我《おおけが》はしないように気をつけなさい」

「「はい」」

◇

「よう、久しぶりだな」

私の屋敷の応接室で、南大陸風の双子《ふたご》の護衛を背後に控《ひか》えさせ、ソファにドカリと腰を下ろした男はダルク・ホーキンス。帝国商業ギルド評議会の一員であり、帝国の裏社会を支配する人間だ。

「久しぶりですね。それで、今日はどんな御用《ごよう》で？」

「ああ、今度の闘技大会の事でな」

ダルクは懐からタバコを取り出したが思い直したのか再び懐にしまい直す。

「実は大会の当日はかなりの暑さになりそうでな。そこで涼《りょう》のとれる飲み物を売ろうと考えた訳だ」

「商売人としては当然の思考ね。それが何で私のところに来る事になるのかは分からないけれど」

「なに、お前さんにちょっと氷を出して欲《ほ》しいだけさ」

氷？　確かに私なら大量の氷を用意できるけれど、魔法使いを数人雇《やと》えば同じことが出来るはずだ。そう問えば彼《かれ》はニヤリと口角を上げる。

「当然魔法使いはそれなりに用意するつもりだ。だがそいつらにはＶＩＰの客の周囲の温度を下げるって仕事があってな。一般客《いっぱんきゃく》への販売品《はんばいひん》にまで回す余裕《よゆう》がない」

「それでわざわざ私のところに？」

「ああ、お前さんなら俺の頼みを快く引き受けてくれるだろう？」

「その心は？」

「そっちの嬢《じょう》ちゃん達」

ダルクは壁《かべ》側に控えるルノアとミーシャに声をかける。

「タッグトーナメントに出るんだってな」

「え、は、はい」

「参加いたします」

「なら、当然、お前さんは観戦に来る訳だ」

「そうね」

「あのちっこいガキも連れて来るんだろ？」

「アリスのこと？　まぁ、本人が楽しみにしているから連れて行くわよ」

「なら、ちょうどいい。この仕事を引き受けてくれるなら大会期間中、ボックス席を用意してやる」

「ボックス席？」

主に貴族が買う席で、他の人間が居るスペースとは区切られており、日除《ひよ》けの屋根や質の良い椅子《いす》などで過ごしやすくなっている。

「それなら問い合わせたけど既《すで》に完売だったわよ？」

「俺は主催者だぞ。予備として幾《いく》つかの席はキープしている。その一つをやろう」

「ふむ」

氷を作るぐらいなら大した手間でもないし、それでアリスがゆったりと過ごせるなら悪くない話ね。

「わかったわ。その依頼《いらい》を引き受けましょう」

「助かる。詳細《しょうさい》は明日部下を向かわせる」

私は頷きを返すが、何だか良いように言いくるめられたようで気に食わない。

「ところで闘技大会では待ち時間も結構有るのでは？」

「ん？　まぁな」

「では芸人や歌手、吟遊詩人《ぎんゆうしじん》を雇ってその時間にパフォーマンスをさせるのはどうかしら？」

「ほう」

ダルクは笑《え》みを深める。彼も私の提案の裏を読んだらしい。

「つまり待ち時間も客を会場に釘付《くぎづ》けにして冷たい飲み物や食い物を売ろうって事か」

「試合中のみ販売《はんばい》するよりも売れると思うわよ」

「良い考えだな。おい、直ぐに手配しろ」

控えていた部下に命じるダルクに私は笑みを浮かべる。

「私の取り分は利益の三パーセントでいいわよ」

「何？」

「当然でしょう。アイデア料よ」

「お前、実は負けず嫌《ぎら》いだと言われた事が有るだろ」

「ないわね」

私は即答《そくとう》しておく事にした。真実なので仕方ない。

◆

ハルドリア王国の使節団に与《あた》えられた宮廷《きゅうてい》の一角には、各員の私室は勿論《もちろん》の事、執務室や談話室、果ては中庭や小規模パーティ用の小ホールなども用意されていた。数日後から始まる祝祭のゲストであると同時に、帝国との会談や取引など多くの予定が控えるなか、使節団の団長と副団長であるエイワスとロゼリアは主要なメンバーと共に卓《たく》を囲み、会議を行っていた。

「では、ドッハム外務卿《きょう》との会談はリーマン卿、臣民議会への視察はハイゼン次官にお任せ致《いた》しますわ」

「はい」

「かしこまりました」

会議の司会進行を務めるロゼリアが結果をまとめると、名を呼ばれた二人が了承《りょうしょう》の意を示した。

「エイワス団長とわたくしはオーキスト皇太子殿下と会食の後、ティガー戦務卿と合流し終戦処理に関する会合に向かいます。今回の会合では意見の合意には至らないと思われますが、停戦期間の延長に関しては既に内々に合意を得ておりますので、ご安心下さって結構ですわ」

ロゼリアの言葉に使節団の面々は頷く。この場にいる者達はアデルに選抜《せんばつ》されたアデル派の貴族と優秀《ゆうしゅう》な文官だ。当然、開戦派や反帝国派の者達は外されている。

「それでは祝祭までの間、忙《いそが》しくなりますがよろしくお願い致しますわ」

祝祭が始まれば皇族や高位貴族はそちらに掛かり切りになる。使節団との会談や取引は祝祭が始まるまでに粗方《あらかた》終える予定となっていた。

使節団のメンバーが退室した頃合《ころあ》いを見計らってエイワスがロゼリアに声を掛ける。

「ロゼリア嬢、実は君に頼みたい事があるんだ」

「は？　既にわたくしの予定はギリギリまで詰《つ》め込《こ》まれていますわよ。ご存《ぞん》じでしょう？」

古い価値観の貴族が多いハルドリア王国で、若い女性でありながら使節団の副団長を務めるロゼリアはその能力以上に多くの注目を集めていた為、帝国官僚《かんりょう》との会談や面会だけでなく、貴族夫人や令嬢からの茶会の誘いも多く舞《ま》い込んでいる。

ロゼリア本人としては不本意な注目のされ方だが、出発前にアデルから男性優位であり、人族至上主義の今までの古い価値観から脱却《だっきゃく》した次代のハルドリア王国を印象づける為にその手の誘いには積極的に応える様に頼まれていた。同じ理由で同行している文官や武官には人族以外の者も多い。その為、祝祭までのロゼリアのスケジュールは分刻みとなっている。

「ご用ならご自分で熟《こな》されたら良いではないですか」

ロゼリアとは違いエイワスのスケジュールには少し余裕がある。使節団の団長として突《とっ》発的《ぱってき》な事態に柔軟《じゅうなん》に対応する為にとエイワスがそう調整したのだ。言っている事は間違《まちが》ってないが、ロゼリアとしては面白《おもしろ》くなかった。

「いや、ロゼリア嬢にしか頼めないんだ。それに祝祭が始まってからの事になるのでスケジュールは問題ない」

そう言ってエイワスは懐から折り畳《たた》まれた紙を差し出してきた。

「これは……」

「これに参加して欲しいんだ」

「はぁ⁈　何故《なぜ》わたくしがこんな物に！」

「実はこの場にエリザベートが現れると言う情報が入ってね」

「エリザベートが？」

「ああ、残念ながら私はコンタクトに失敗してしまったからね。この場を利用してロゼリア嬢にエリザベートと接触《せっしょく》して欲しいんだ」

エイワスは深刻な顔を作り声を抑《おさ》えて話す。

「……わかりましたわ」

非常に嫌《いや》そうな顔をしながらもロゼリアは了承した。

◇

翌日、私の屋敷の応接室では紅茶を片手にイーグレットが寛《くつろ》いでいた。

「待たせたわね」

「いやいや、気にしないでくれ。こうして上等な紅茶を楽しませてもらっているからな」

今回、イーグレットは友人としてきた訳ではなく、バーチ商会として注文した品を届けに来てくれたのだ。

「それで、頼んだ物は？」

「ああ、この通りだ」

イーグレットが取り出したのは筒状《つつじょう》に丸めて革紐《かわひも》で綴《と》じられた、三枚の羊皮紙だ。

「入手できるかもって言っていたから頼んだのだけれど、まさか三枚も手に入るとは思わなかったわ」

「頼まれたのは五枚だったのにすまないな。今出せるのはこれだけだそうだ。次はもう少し先になる」

「十分よ」

私は革紐を解《ほど》き中を検《あらた》める。

「間違いなく【転移】のスクロールね。これが代金よ」

私は金貨が入った革袋《かわぶくろ》を二つ机の上に載せた。希少な【転移】のスクロールだ。当然その支払《しはら》いはかなりの金額になる。だがこれがあれば窮地《きゅうち》から一瞬《いっしゅん》にして安全地帯へと退避《たいひ》することができる。いざという時の備えとしてはかなり心強い物だ。万が一の為にアリスに持たせておいても良い。スクロールの使い道に関して考えているとイーグレットが金貨を数え終わった様だ。

「確かに確認《かくにん》した。それと追加で頼まれた物は後日オウルが納品に来る事になっているからな」

「そっちは商会で使う物だから担当者の方に連絡《れんらく》をくれれば良いわ」

「了解した」

追加で頼んだのはナイル王国で栽培《さいばい》されているサボテンの果肉だ。何でもバーチ商会の商団が帝国へ向かっているらしく、その積荷の内容を聞き、急ぎ追加で発注したのだ。ナイル王国でしか栽培できないそのサボテンは薬や美容品の材料として高い効能を持っている。研究用に是非確保したい素材だ。商談を終えた私達の話題は祝祭の話となっていた。

イーグレットはこの祝祭が終われば一度ナイル王国に帰るらしい。

「そうだ、エリー。祝祭を一緒に回らないか？」

「そうね……二日目のタッグトーナメンの後なら良いわよ」

「では決まりだな。ところで何で本大会ではなくタッグトーナメントなんだ？」

「うちのミーシャとルノアが出場するのよ。まぁ、予選を突破《とっぱ》出来ればだけれどね」

「ほう。そいつは面白そうだな」

イーグレットは自らテーブルの上のポットに手を伸ばしカップに紅茶を注ぐ。イーグレットはこの祝祭の間になるべく多くの行商人と渡りをつける算段らしい。私の様に帝都に拠点《きよてん》を置いている訳ではないので帝都の商人や貴族よりフットワークが軽い行商人と関係を作る事に主眼を置いているのだろう。

「そう言えばアリスはどうするんだ？」

「武術大会なんてかなりの人出だろう？」

「主催のホーキンス氏とは何度か取引した事があるのよ。そのコネでボックス席を購入《こうにゆう》したわ」

主に貴族が利用するボックス席には椅子や日除けがある為アリスを連れていても問題なく観戦が可能だろう。貴族向けらしくかなり高価ではあるが、幾つかの条件を飲むことで問題なく席を用意してもらうことができた。

「そいつは随分《ずいぶん》と奮発したな」

「それなりよ」

肩をすくめて返すとイーグレットは苦笑《くしょう》を浮かべて紅茶に口をつけた。

◇

祝祭当日は朝から大変賑《にぎ》やかだった。精鋭《せいえい》の近衛《このえ》騎士に護衛されながら皇族が乗った豪《ごう》華《か》な飾《かざ》り馬車が貴族街の大通りをゆっくりと進んで行く。今日は貴族街の門も解放されており、一定のエリアのみだが許可のない平民もパレードを見る事が出来る。私達はと言うと、許可を得ている平民達や下級貴族が多いエリアでパレードを眺《なが》めていた。

「見て！　お馬さんが鎧《よろい》を着てるよ！」

「おおっと！　おい、あまり暴れるな。落っこちちまうぞ」

バアルに肩車《かたぐるま》をされたアリスは装備の騎士や騎馬に大興奮だ。ルノアとミーシャは明日のタッグトーナメントの予選に備えて連携《れんけい》の訓練をするそうだ。私はバアルの隣《となり》に行きアリスと同じ方に目を向ける。

「確かにこうして見ると壮観《そうかん》ね」

磨《みが》き抜かれた鎧を身に着けマントをはためかせた騎士が一糸乱れぬ行進をするのはなかなか見物だ。

「ほう、お嬢でもそう思うのか？」

「まぁね。以前は馬車に乗って手を振《ふ》る側だったから、この手のパレードを民衆視点で見るのは初めてなのよ。常に笑顔《えがお》で手を振り続けるって意外としんどいのよ」

「難儀《なんぎ》な人生だな。お、主役が来たぞ」

バアルの言葉の通り、一際豪華な馬車が近づいてくる。周囲にいる騎士も豪華な式典用ではなく使《つか》い込まれた実践《じっせん》用の装備を身に着けている。ユーティア帝国皇帝《ていこくこうてい》ゴドウィン・ユーティアが乗る馬車だ。

「流石《さすが》に精鋭揃《せいえいぞろ》いね」

屋根がなくチャリオットに近い構造の馬車に立ったゴドウィンは威厳《いげん》に満ちた顔で手を挙げて臣民へと応えている。しかし私の目が引き寄せられたのはゴドウィンのすぐ側《そば》を併《へい》走《そう》している一騎の騎士だった。バアルも気付いたようで鋭《するど》く騎士の挙動を観察する。

「あれが帝国最強の騎士、ユーティア帝国騎士団総長《剣帝《けんてい》》マティアス・ロードストスか」

「ええ。ロードストス卿はかつて戦場で《雷神《らいじん》》ブラートと互角《ごかく》に切り結び、皇帝陛下直々に《剣帝》の字《あざな》を下賜《かし》された帝国の英雄《えいゆう》。バアル、貴方《あなた》あれに勝てる？」

「無理だな。命を捨てる覚悟《かくご》でなら足止めくらいは出来るだろうが、勝てるビジョンは見えねぇよ。ありゃ冒険者で言うSランク……人外の領域に居る化け物だぜ」

本気を出したバアルの実力はおそらくAランク最上位、ユウやエルザと同格くらいだろう。そのバアルが命を懸《か》けても足止めが精一杯《せいいっぱい》か。

「バアルの目から見て、私はどれくらいの強さかしら？」

「そうだな。Aランクの中位ってとこじゃないか？　神器の応用範囲《はんい》は広いし、俺《おれ》の知らない手札も有るんだろうが……お嬢は決して戦闘特化ってタイプじゃねぇ。悪い事は言わんから正面からブラートにぶつかろうとか思うなよ」

「わかってるわ」

Sランク。一人で国軍に相当すると言われる人の身を超《こ》えた力を持つ超越者達《ちょうえつしゃたち》。現在のSランク冒険者は《魔笛《まてき》》アマデウス・シカネーダー、《刀神》コジロー・ササキ、《軍勢》フランリエット・メイザーの三人。更に冒険者ではないがSランクに匹敵《ひってき》する実力があると言われている者が四人。その内の二人がマティアスとブラートだ。マティアスを直接相手にする訳ではないが、同等の強さであるブラートは私の報復の相手の一人だ。バアルの言葉通り正面からでは勝ち目はない。その為の用意を……。

「ねぇ、何のお話?」

「ああ、ごめんなさいアリス。何でもないわ」

考え込みそうになった私はアリスの声に引き戻《もど》されてパレード鑑賞《かんしょう》へと意識を戻した。

◆

パレードを終えて宮廷に戻ったゴドウィンは急ぎバルコニーへと向かっていた。民にとっては楽しいお祭りであるが、貴族、それも皇族ともなると行事や外交などで分刻みのスケジュールになる。

「陛下!　こちらで衣装《いしょう》変えをお願い致します」

「うむ」

侍女《じじょ》五人掛《が》かりで手早く衣装を変える。パレードの時は遠目にもわかる様に派手目な格好をしていたが、演説には落ち着いて威厳のある衣装を身につける。正直いってゴドウィンはその辺りのセンスに自信がないので侍女長に丸投げしている。当の侍女長はといえば重要行事での皇帝のコーディネートを任されたとあって張り切って仕立て屋と侃々諤々《かんかんがくがく》の議論を交《か》わしていた。当然ゴドウィンはその間黙《だま》って体を測られては布を当てられて過ごし、マネキンの気持ちを理解していた。その甲斐《かい》あってなのか出来上がった衣装は素晴《すば》らしいできらしい。着替《きが》えを終えたゴドウィンは騎士に先導されて早足でバルコニーへと向かう。開放された宮廷の庭には既に大勢の民が集まっているそうだ。この手の行事は過去にも何度もこなしているが毎回胃が痛くなる。

「陛下。お願い致します」

「うむ」

軽く息を整え、小走りで移動してきた事を悟《さと》らせない様に余裕たっぷりに民衆の前に姿を見せる。民にとって皇族など帝都に住んでいたとしても一生の内に数回姿を見られるかどうかという存在だ。また善政を敷《し》くゴドウィンは民からの人気も高く、この場に集まった民衆はその姿を見ることができ喜んでいた。

「親愛なる帝国臣民よ。此度《こたび》もまた祝祭の日を迎《むか》える事が出来た事を嬉しく思う。近年は隣国《りんごく》ハルドリア王国との和平により、多くの新しい文化や品が見られる様になった。我《わ》が帝国はその成り立ちから多様な文化、多様な人々を受け入れる土台がある。これらは諸君らが積み上げてきた帝国の誇《ほこ》りである。長く生き残り繁栄《はんえい》する者とは、常に変化する時代の流れに柔軟に対応し、周囲の変化に合わせて自らを変えてゆく事が出来る者である。諸君らが築き上げてきた誇り高き帝国の文化はそれを可能にする。我が臣民よ。隣人と手を取り合い更《さら》なる栄光の未来へと進みなさい」

そう締《し》めくくると割れんばかりの拍手《はくしゅ》を受けながらゴドウィンはバルコニーから退場した。この後は文官による今期の政策の方針などが発表されるのだが、ゴドウィンは次の予定があるので同席はできない。

「お疲《つか》れ様《さま》です、陛下。こちらにお飲み物をご用意しております。数分だけになりますがご休息を」

「ご苦労」

侍従が扉《とびら》を開くと皇太子であるオーキストが先に休息していた。彼は今まで貴族への挨《あい》拶《さつ》の方に行っていたはずだ。従僕《じゅうぼく》が飲み物を用意した後、気を遣《つか》って部屋を出てゆく。

「お疲れ様です。父上」

「お前もな。メリーナとイルファは如何《いかが》している?」

「母上は各国の大使のもてなし。姉上は高位貴族の御令嬢方とお茶会です」

「そうか。しかし毎回この演説は緊張《きんちょう》するな」

「民へ将来の希望を示す良い演説だったではありませんか。この部屋まで拍手のおとが聞こえてきましたよ」

「年々話すことがワンパターンになっている気がするのだ。今日の演説だってよくよく聞くと去年の演説の言い回しを変えてフワッとした言葉で煙《けむ》に巻いただけだ。明日には民の間で中身のない演説だと噂《うわさ》になっているかも知れん」

「父上。そのネガティブな思考はお止《や》め下さい。決して臣下の前ではお見せしない様に気を付けてくださいよ」

「わ、わかっている。だが私は世間で言われている様な男ではない」

「たしか『敵に苛烈《かれつ》で民に優《やさ》しく常に先頭に立って帝国を牽引《けんいん》する稀代《きたい》の賢帝《けんてい》』ってやつですね」

「そうだ。それのどこが私なのだ。私など先帝より受け継《つ》いだ物を守るのが精一杯の凡人《ぼんじん》だぞ。お前の方がよほど賢帝の名に相応《ふさわ》しい」

祝祭の忙しさもあり、ゴドウィンは普段《ふだん》に輪をかけてネガティブになっていた。

「そうだ！　いっその事お前に帝位を……」

「思いつきで滅多《めった》な事を言わないで下さい。色々と手順や根回しが必要なのですから」

どんどんとネガティブになってゆくゴドウィンだったが、外の従僕がノックをした瞬間《しゅんかん》、威厳のある皇帝の顔にかわる。

「陛下、殿下《でんか》。申し訳ありませんがそろそろお時間になります」

「あい分かった。向こうの様子は如何《どう》だ？」

「特に問題なくお待ち頂いております」

「くれぐれも丁重《ていちょう》に。しかし警戒《けいかい》を怠《おこた》るな」

「御意《ぎょい》」

休息を終えてゴドウィンとオーキストは待たせていた客人の元へと向かう。従僕が開いた扉の先に待っていたのは、数年前まで激しく矛《ほこ》を交えていた国からの使者だ。現在は和平条約を結んだとは言え、潜在的《せんざいてき》な敵国である事は変わらない。

「お待たせした。余がユーティア帝国皇帝ゴドウィン・ユーティアである」

「ユーティア帝国皇太子オーキスト・ユーティアだ」

「お初にお目に掛かります。ハルドリア王国使節団団長を拝命しております。ハルドリア王国第一王女アデル・ハルドリアの名代エイワス・レイストンと申します」

「ハルドリア王国使節団副長ロゼリア・ファドガルと申しますわ」

ゴドウィンは二人に礼を損なわない其処《そこ》ギリギリの間を置いてから頭を上げさせ着席を促《うなが》した。決して礼を損なう事なく、それでいて帝国側が下手に出たと取られない様に最新の注意を払《はら》う。

「さて本日は貴国の要請《ようせい》でこの様な時間を取ったが、一体どの様な要件だ？」

「はい。まずはお忙しい中お時間をいただいた事に感謝を。後程《のちほど》帝室に我が国自慢《じまん》のワインや宝石をお届けいたします」

「それはとても楽しみですね。しかし、エイワス殿《どの》。今帝国は祝祭の時期故、私も陛下も大変に忙しく挨拶だけであればまた後日にしていただけると幸いなのですが」

「これは失礼いたしました、オーキスト殿下。言葉に前置きや装飾を付けてしまうのは私の悪い癖《くせ》ですね。先日も妹にもっと簡潔に話せと苦言を呈《てい》されたところなのですよ」

エイワスの言葉にゴドウィンの背に一瞬冷たい物がすぎるが、当然相手に悟られたりはしない。

「妹君というと確かエリザベート・レイストン嬢だったか。何度か式典で言葉を交わしたと記憶《きおく》しておる」

「そうですね。とても聡明《そうめい》な女性でした。確かそちらの王太子殿の御婚約者《ごこんやくしゃ》でしたか。いや、しかし国への叛逆《はんぎゃく》を企《くわだ》てたとかで指名手配されたのではなかったか？　その妹君とエイワス殿はご連絡を？」

「その一件なのですがお恥《は》ずかしい話、エリザベートの国家への叛逆は冤罪《えんざい》だったのです。既に指名手配は解除され、偽《にせ》の情報で国を混乱に陥《おとしい》れた下手人は捕縛《ほばく》されております」

「そうであったか。貴殿《きでん》も妹君の容疑が晴れて胸のつかえが降りた気分だろう」

「ええ、まったくその通りです」

お互《たが》いに和《なご》やかに笑い合ったところで、エイワスが切り出す。

「しかし不思議な事に我が愚妹《ぐまい》であるエリザベートはこの帝国に身を置いていたのです」

「ほう。それは初耳ですね」

「初耳ですか……妹はエリー・レイスと名を変えてこの帝国で商会を経営し特別認可《にんか》商人にまでなっていたのですが」

「エリー・レイスとな？　知っておったか、オーキストよ」

「確か商業ギルド評議会から報告の上がった商人の中にその様な名が有ったかと。まさかエリザベート嬢の偽名《ぎめい》だったとは夢にも思いませんでした」

「そうですか」

「ええ。一体いつの間に帝国へと渡《わた》って来ていたのか驚《おどろ》きを隠《かく》せません」

「なるほど。現在帝国にエリザベートが席を置いているのはお認めになると？」

「直接書類を確認した訳では有りませんのでエリザベート嬢本人であるとの確証は持てませんが、エリー・レイスと名乗る商人は実在しています」

「ではエリー・レイスがエリザベート・レイストンであるとの確信が得られれば、妹を王国へと返還《へんかん》していただけると？」

「それはまた別の話です。帝国では移民に対して広く門戸を開いております。異なる文化を持つ種族を受け入れる為に帝国臣民となる時に改名も認めております。仮にそのエリー・レイスという商人がエリザベート・レイストン嬢本人であったとしても正式な手続きによって移民が認められていたので有れば、それは父上……ユーティア帝国皇帝ゴドウィン・ユーティアの守るべき臣民の一人となる。他国の権力者に臣民を引き渡せと言われて唯々《いい》諾々《だくだく》と従う事はできかねます」

オーキストがエイワスを睨《にら》みつけるが、その顔に貼《は》り付けられた微笑《ほほえ》みが揺《ゆ》らぐことはない。

「そうですか。失礼いたしました」

「妹君を連れ帰りたいならば、直接本人に帰ってくる様に説得するのがよかろう。我が国は移民を受け入れているのと同時に他国への出奔《しゅっぽん》も制限しておらん」

「実は先日説得に失敗致しまして。もし上手《うま》く帝国から出されればと思っていたのです。これも妹を心配する兄心としてご理解いただけ得れば幸いです」

そう言いつつ本心を読ませないエイワスにオーキストは優秀だが不気味な男だと感想をいだいた。

エリザベートの話題はエイワスが妹を心配する兄としてつい言ってしまっただけで、ハルドリア王国の使節団とは関係ないというポーズを取る為に心にもない事をさも本心であるかの様に口にするエイワスに隣のロゼリアは顔を顰《しか》めそうになるのを堪《こら》えながら笑顔を作る。

その後は、次の予定があるゴドウィンが席を外し、オーキストにエイワスとロゼリアが対峙《たいじ》する。表面上は和やかにいくつかの案件をまとめ、オーキストとアデルの個人同士の友好を約束し帰りにオーキストからの親書を受け取ることになったところで今回の会談は幕を閉じた。ロゼリアはほとんど相槌《あいづち》を打っていただけであり、主な交渉《こうしょう》はエイワスが担当していたのだが、それでも心労はかなりの物だった。

「エイワス様！　貴方《あなた》一体何を考えていますの！」

「何って何だい？」

「最初のエリザベートの件ですわ。あんな予定など無かったではありませんか！　大国の皇帝と皇太子を相手に数々の挑発《ちょうはつ》、国際問題にでもなったら如何するのですか！」

「問題にしたくないのは向こうも一緒《いっしょ》だよ。知らぬ存ぜぬを通していたけれど我が国の要人を自国で匿《かくま》っていたんだからね。だから私が妹を心配でスタンドプレーをしてしまったと言っても突《つ》っ込まなかったんだよ」

そんな危ない橋を笑顔で渡るエイワスにロゼリアは疲れた顔を向ける。

「はぁ、そんな調子だからエリザベートが戻らないのもわかると言うものですわ」

正直ロゼリアはフリードが廃《はい》され王国の上にアデルが立つとなると、エリザベートが帰ってくる可能性はかなり高いと踏《ふ》んでいたのだ。ロゼリアはエイワスから聞いた帝都でのエリザベートとの邂逅《かいこう》の話を思い出す。

◆

「それで……本日は一体どのような御用でしょうか、エイワスお兄様」

「つれないね、可愛《かわい》い妹を心配して会いに来たに決まっているじゃないか」

「ご冗談《じょうだん》を。ブラート王か宰相《さいしょう》の差し金ですか？」

「はっはっは、まさか本当にそう思っているのかい？」

「いいえ、エイワスお兄様が自らの利益の為以外に行動するとは思えませんね」

「ふふ、そうだね。あんな老害共の為に私が動くなどあり得ない、それに父上の差し金ではないというのは君が一番よく分かっているだろう？」

「それは如何いう……」

エリザベートの言葉を遮《さえぎ》りエイワスは革袋を取り出した。エリザベートが中を覗《のぞ》くとそこには獣王《じゅうおう》連合国で殺したジーク・レイストンの首が収められており、生気のない瞳《ひとみ》をエリザベートへと向けていた。

「これを何処で？」

「帝国に来る途中《とちゅう》、川沿いの村で貴族らしき遺体が上がったと聞いて行ってみると驚き、我らが父上だった訳だ。どうやら父上は獣王連合国の魔物《まもの》災害の収束に尽力《じんりょく》した際、行方《ゆくえ》不明となっていたそうで、私も心配していたんだ」

胡散臭《うさんくさ》い物を見る目をしたエリザベートを気にする事なくエイワスは続ける。

「てっきり魔物に遅《おく》れをとったのだと思っていたが、遺体を観察してみると不思議な事に腕《うで》の傷は途轍《とてつ》もなく鋭利《えいり》な刃物《はもの》による物だった。そうまるで君の愛剣《あいけん》フリューゲルの様な切り口だ。その上、胸に刺《さ》さっていたのは何処かの天才が開発したと聞く【氷結の断罪剣《ニブルヘイム》】という高等魔法だ」

「別に隠すつもりは有りませんよ。ジーク・レイストンを殺したのは私です。その上でお兄様は如何されたいのですか？　今更《いまさら》父の生首程度で私が怖気付《おじけづ》くとでも？」

「まさか。その首は単に君が父上の死をその目で確認できれば喜ぶと思ってお土産《みやげ》に持って来ただけだよ」

「そうですか。ではお兄様の目的は？」

「冷たいなぁ。私はエリザベートが王国に見つからない様に情報を操作してあげていたんだよ。可愛い妹を守っていた兄にもっと感謝してくれても良くないかい？」

「なるほど。紛争《ふんそう》後からは特にですが、結構目立っていた筈《はず》の私の情報が王国に伝わった様子が無かった事が気になっていました。お兄様が情報を遮断《しゃだん》していたのですね。ですがその理由はお兄様が言う様な物ではないでしょう？　私に利用価値があるから王国に取られないように隠していただけ」

エリザベートの言葉に肩《かた》をすくめたエイワスは、雰囲気《ふんいき》をガラリと変えていた。フリード王子との婚約《こんやく》の件が有ったので領地で過ごす事はあまり無かったエリザベートは、幼い頃《ころ》から次期領主として領地経営の勉強をさせられていたエイワスと共に過ごした時間は短い。それでも兄だ。それなりに噂は耳に入って来るし、その人となりは大体分かっている。故に今見せているのが滅多に無い真面目な顔だと理解していた。

「私が此処《ここ》に来た用件だが……エリザベート、王国に戻ってくれないか？」

「…………ここに来てその話ですか。話になりませんね」

「まて」

エイワスは席を立とうとしたエリザベートを引き留める。

「王国と言ってもあの老害どもや色ボケ王子のところに戻れと言う訳じゃない」

「…………」

エリザベートはソファに座《すわ》り直して無言で先を促す。

「私が仕えている主の元に来て欲しいんだ」

「仕えている？　お兄様が？」

エイワスは確かに優秀だが少しでも隙《すき》を見せれば寝首《ねくび》を掻《か》く、猛毒《もうどく》の様な男だ。そんなのを懐《ふところ》に入れた奴《やつ》が王国に居るのかとエリザベートが動揺《どうよう》し驚きの表情を見せる。

「確かに最近の王国の動きは少しおかしいとは思っていました。私が関係を崩《くず》す様に仕向けた属国との仲も修復されて来ている。ロゼリアが頑張《がんば》っていたようですが、彼女《かのじょ》は立場上限界が有った。それなのに王国の戦力を削《けず》る為に適当に始末していた小者貴族の滅亡《めつぼう》も利用して戦力を中央に集めて立て直そうとしている様子もある。腐《くさ》った貴族を迅速《じんそく》に処分し、まともで優秀な者を後釜《あとがま》に据えていましたね。それらの政策はフリードの名前で行われていましたが、あの無能がそんな事を出来る筈がない」

エイワスは顎《あご》に手をやり頭の中を整理するエリザベートを待つ。

「怪《あや》しいのは偽金騒《にせがねさわ》ぎが有った頃に城に入ったと報告があった馬車ですね。馬車に乗っていた人物は不明で、それらしい人物が城から出たという報告は無い。だけれどその時期から王国の動きが変わった。理と心を介《かい》した政治が目立つ様になった事に加えて城の一部の警備が異様に厳しくなって情報が得られない場所が出来ていました」

エイワスの話を聞き、エリザベートの頭の中でバラバラだった今までの情報や違和感《いわかん》が次々と繋《つな》がって行く。

「その仕えている方の名前をお聞きしても？」

尋《たず》ねるエリザベートの言葉にエイワスは頷《うなず》き、あっさりとその名を口にした。

「私がお仕えしているのはアデル殿下。ハルドリア王国第一王女、アデル・ハルドリア殿下だ」

大方予想できていたのだろう。エリザベートは納得《なっとく》はしても驚いたりはしなかった。

「アデル殿下……アデルが帰って来ているのですか？」

「ああ」

愚《おろ》かな兄と違《ちが》い聡明で優秀な少女。アデルはエリザベートの事を実の姉の様に慕《した》っていたし、エリザベートもアデルを可愛がっていた。

「私はアデル殿下にお仕えする事にした。あの方はいずれ王国の頂点に立つお方だ。エリザベートにも私と共にアデル殿下を支えて欲《ほ》しい」

「…………」

「エリザベートがフリードや老害共に報復したいと思っている事は分かっている。王国の民を見限っている事もな。別にもう一度貴族として王国の民に尽《つ》くせと言う訳ではない。ただ仕事として力を貸してくれれば良い。それにアデル殿下はエリザベートが望むなら報復相手の身柄《みがら》を引き渡すと言っている」

「………そうですか」

エリザベートの瞳の中に迷いが生まれる。今までの王国の状況《じょうきょう》を鑑《かんが》みるに、アデルはそれを成すだけの力を持っていると示している。

しばらく悩んだエリザベートだったが、エイワスに視線を向けて答える。

「確かに私もアデルとは敵対したくは有りません。しかし、アデルと私では向いている方向は同じでもそこに至る道程は大きく違います」

「つまりは断ると?」

「はい」

「よく考えたかい? 君は既《すで》に父上を殺した。後はブラート王とフリード、ついでにあの小娘《こむすめ》を処刑《しょけい》すれば終わりだろう。アデル殿下ならそれが出来る」

「それは分かっています。その上での結論です」

「………そうか。ではせめて民を巻き込む様な策は控《ひか》えて貰《もら》えないだろうか」

「お断りいたします。有用で有れば利用する。それはお兄様も同じではありませんか」

「はぁ、仕方ない。私はアデル殿下の代理として祝祭に参加する。帰国は数週間後だ。それまでゆっくりと考てくれ」

そう言い残してエイワスはエリザベートの屋敷を後にしたのだった。

◇

パレードが終わり屋敷《やしき》に戻って来た私は自室でココアを片手にアリスの本日の感想を聞いていた。ルノアとミーシャは既に眠《ねむ》ったようなのだが、アリスは昼間の興奮もありまだ目が冴《さ》えているらしい。

「明日はお姉ちゃん達《たち》の試合があるんだよね？」

「ええ。ボックス席を取ってあるからゆっくり見られるわよ」

「お姉ちゃん達勝てるかな？」

「如何かしら。二人とも年齢《ねんれい》の割に戦えるけれどタッグトーナメントには現役《げんえき》の冒険者《ぼうけんしゃ》たや騎士《きし》も出るでしょうからね」

本人達も分かっているだろうが流石に優勝は不可能だろう、本戦トーナメントに進めたら上出来だ。

「頑張って応援《おうえん》しようね」

「そうね」

私はアリスに貰ったヘアピンをベッドサイドの小箱にしまう。

「さぁアリス。そろそろ寝《ね》なさい」

「は～い」ベッドに登ってきたアリスを抱《だ》き上げて布団《ふとん》を掛《か》ける。

明日の予選は昼前に始まる。その時にアリスが眠くならない様に寝かしつけるのだった。

◇◆☆◆◇

公国では雪の結晶《けっしょう》をあしらったデザインのヘアピンがよく売られている。これは子供から母親へのプレゼントの定番である。誰《だれ》が始めたのかは定かではないが、今回我々の取材でこの話には《白銀の魔女《まじょ》》が関わっているのではないかという噂を知る事が出来た。しかし、《白銀の魔女》に伴侶《はんりょ》や子供が居たという話は残っていない。そこで我々が立てた仮説は《白銀の魔女》が商売として新しい流れを作り出したという説だ。我々は《白銀の魔女》が創設したトレートル商会（現トレートル財団）の代表を務めるリンカーネット・

カールトン氏へと取材を申し込《もうこ》んだのだが、《白銀の魔女》に関しての質問には答えられないとの回答を受けた。

週刊公国女性時代
銅貨四枚＋税

二章 《祝 祭》

タッグトーナメントは本試合と同じ帝都にある騎士団《きしだん》の訓練所で行われる。獣王連合国の様なコロシアムを建造するという計画もあるそうなのだが、行政側との折り合いがつかずに今回は例年の大会と同じくこの場所を借りる事になったそうだ。タッグトーナメントは本試合に比べて参加人数は少なく、予選は数多く用意されたリングで同時に行われる形式である。ミーシャ達が戦うのはCブロックで、三回勝ては本戦のトーナメントに進めるらしい。

「エリー様、此方《こちら》へ」

「ええ。アリス、奥《おく》に詰《つ》めて頂戴《ちょうだい》」

「うん」

今回の予選を観戦に来ているのは私とミレイ、アリスの三人だ。バアルもくる予定だったのだが、店の警備関係で少しトラブルがあったのでそちらに向かって貰った。

「どうぞ」

「ありがとう」

ミレイからカップを受け取り、自分とアリスの前に置く。私のはアイスコーヒー、アリスのは果実水だ。アイスティーを手にしたミレイも椅子《いす》に座って予選が始まるまでの時間を過ごす事にする。飲み物はこの会場で売っている物で、私達の座る少し高くなったいわゆるボックス席には日差し除《よ》けの天幕が貼ってあるが、日当たりの良い一般席《いっぱんせき》の観客にはよく売れる事だろう。

「しかし、ホーキンス氏も良い商売を思いつきましたね」

「単純だけれど効果は高いわね」

「大道芸人や吟遊《ぎんゆう》詩人に関してもエリー様とお話されてから数時間で手配を済ませる手腕《しゅわん》は見事ですね。飲食物の売上だけでも相当な利益になるのではないでしょうか」

「そうね」

氷の取引の時に私が話したアイデアをダルクはすぐに実行した。彼《かれ》の専門は金融業《きんゆうぎょう》とブラックマーケットだが、純粋《じゅんすい》な商人としてもその実力は確かな物だ。

アリスが三つの大玉を重ねた上に逆立ちをする大道芸人に拍手を送り、私とミレイがダルクの手腕を評価している内に準備が整った様で、タッグトーナメントの予選が始まる。本試合の予選はこの後に行われるので、今はまだ観客席には空きも多い。ルノアやミーシャの緊張も多少はマシになるだろう。

『皆様《みなさま》。お待たせいたしました。これより第一回タッグトーナメントの予選を開催《かいさい》いたします』

風魔《かぜま》法《ほう》を応用したマジックアイテムを使っているのだろう。実況者《じっきょうしゃ》の声は会場全体に届いているようだ。

「やはり例年の大会とはかなり趣向《しゅこう》が違うようですね」

「そうなの？」

「はい。去年まではあくまで国主催《しゅさい》の国事の一環《いっかん》でしたから司会や実況もあのような軽快な喋《しゃべ》りではなく、進行を行う文官と騎士による解説の真面目なものだったそうです」

「主催がホーキンス氏に代わって完全なエンターテイメントになったのね」

「民としては嬉《うれ》しいかもしれませんが貴族の中には良い顔をしない者も居るかも知れませんね」

ミレイの言葉通り、周囲のボックス席を見回すと司会のユーモアを織り交ぜたコミカルな喋りに顔を顰《しか》めている軍人や騎士と思われる貴族の姿もあった。

「その辺りは折り込み済みでしょうね。ホーキンス氏は帝国商業ギルド評議委員の一人。

貴族の一部くらいは黙らせる権力と財力があるのでしょう」

それは今後の私にも必要な物だ。評議員には及《およ》ばないものの、私もここ最近はかなりの資産を築き上げて来た。そろそろ権力を得るように動くべきだろうか。しかし、立場上私自身が爵位《しゃくい》や国の役職に就《つ》くのは難しい。この辺りをクリアする手もなくは無いのだが……。

「ママ！　ルノアお姉ちゃんとミーシャお姉ちゃんだよ！」

アリスの声に思考を切り替《か》えて会場に目を向ける。二人は多少緊張している様だが、あの程度ならば問題はないだろう。会場全体を見渡《みわた》してみるとそれなりの実力者とわかる者も数人いる。彼らを相手に二人が何処《どこ》まで行けるのか少し楽しみだ。

「がんばれ～」

二人の一戦目の相手は冒険者らしき盾《たて》持ちの大男と槍《やり》使いのペアだ。

「前衛が攻撃《こうげき》を弾《はじ》き、後衛が堅実《けんじつ》にダメージを与《あた》える堅《かた》い連携ですね」

「でも一気に攻め崩《せ》す爆発力《ばくはつりょく》に欠ける様に見えるわね」

ルノアの魔法で強化されたミーシャの素早《すばや》い攻撃に槍使いが少しずつダメージを蓄積《ちくせき》して行きジリ貧《ひん》になっていた。槍使いが戦闘《せんとう》不能になってからはミーシャが牽制《けんせい》してルノアの中級魔法で盾使いを倒《たお》すことができた。

「危なげなく勝てましたね。少し意外です。相手の二人の技量は何方《どちら》もルノアとミーシャを上回っていると見えました」

「そうね。でも連携はミーシャ達の方が上だったわ。多分の相手の二人は普段は四、五人のパーティを組んでいるのだと思うわよ。盾使いと槍使いは何方も防御的《ぼうぎょてき》な立ち回りだったでしょう？　後衛の魔導師《まどうし》や弓士を意識した立ち回りよ」

「なるほど」

「彼らの敗因はペアでの戦闘用に戦術を練り直さなかった事ね」


二戦目は拳士《けんし》の少女二人のペアだ。リングの側で壮年《そうねん》の男が見守っているが二人の師だろうか？　試合の開始と同時にミーシャが飛び出して行き、ルノアはバックステップで距離《きょり》を取る。

「完全に前衛と後衛に別れましたね」

「ええ。相手は二人ともインファイターだからミーシャが時間を稼《かせ》いでルノアが大技を決めるつもりなのでしょう」

二対一でミーシャは押《お》され気味だが、相手の片方が抜《ぬ》けてルノアの方に行きそうになるタイミングでスキルを放ち、上手く引きつけている。

「最近のミーシャは全部を自分でこなそうとしていましたが、ルノアとのタッグトーナメントの訓練で良い方向に進んだ様ですね」

「ええ」

対戦はルノアが中級魔法【一条の旋風《ストライク・エア》】を放った事で拳士の一人がリングアウト、残った一人もダメージを受けて足をもつれさせて、ミーシャに短剣《たんけん》を突きつけられて敗北していた。


「予選最後の戦いは剣士《けんし》の男と魔導師の女のペアですね」

「そうね。身のこなしはそれなりの経験を積んでいる様に見えるわ」

「あの魔導師の方はマジックアイテムで防御《ぼうぎょ》を固めている様です」

「マントで隠れているけれど腰《こし》の後ろに短剣を帯びているから完全な後衛ではなく中衛よりの魔導師なんでしょう」

私とミレイの会話にアリスは振《ふ》り向く。

「ねぇママ。魔導師ってなに？　魔法使いじゃないの？」

アリスは私の言葉に疑問を持ったようだ。

「魔法使いっていうのは下級魔法以上の魔法を使える人の事よ。その中でも戦闘で使えるレベルの魔法を習得した者を魔導師って呼ぶの。アリスは下級魔法は使えるけど戦えないでしょ？　だからアリスは魔法使いで、私やミレイ、ルノアは魔導師よ」

「魔法学上の分類はその通りですが一般的《いっぱんてき》には混同されている事も多いですね」

「そうなんだ」

納得はした様だが、あまり理解はしていない様なアリスの返事に思わず笑《え》みがこぼれる。魔法使いと魔導師の違いなんて細かい事なので覚え違いをしていても気にする事はないだろう。


予選最後の試合はかなり際どい戦いになった。やはりあの魔導師は接近戦も行けるタイプで、威力《いりょく》は低いが発動が早い初級魔法で牽制しながら速さを生かした立ち回りを見せた。しかし剣士とは今回のタッグトーナメントの為《ため》に組んだ即席《そくせき》ペアだったようで、連携《れんけい》はいまいちだった。それでも一対一を二つ作る策でカバーしようとしていたが、ルノアとミーシャは常にお互いをフォロー出来る位置取りを崩さなかった。そして隙を突き剣士をリングアウトさせた後、二人がかりで魔導師を倒す事に成功し、二人は見事本戦トーナメントへの出場を果たしたのだった。

◇

「二人とも予選突破《とっぱ》おめでとう」

「おめでと～」

その日、私達は帝都のレストランの個室で食事をしていた。ルノアとミーシャは明日から本戦が始まるので早めに休めるよう、夕食と言うには少し早い時間だ。

「二人ともなかなかの連携でした」

「ありがとうございます」

「出場を決めてからずっと練習していたので、結果を出せて嬉しいです」

「ルノアはかなり魔法が上達していたわね。魔力や魔法の種類以上に発動のタイミングや魔法の選択《せんたく》が良くなっていたわ」

「冒険者として活動した経験のおかげだと思います」

「ミーシャは柔軟性《じゅうなんせい》と一撃《いちげき》の重みが上がっていたわ」

「はい」

「二人とも今日はしっかり食べて早めに休みなさい」

「「はい！」」

祝祭二日目、私はルノア達の試合の観戦の為に早めに屋敷を出て移動を開始していた。祝祭の期間中は多くの通りで馬車の通行が規制されるので、国の許可を得ている乗り合い馬車か、徒歩での移動となる。

タッグトーナメントの会場である騎士団の訓練所の前で私達はユウとリリの二人に出会った。今日はオフらしく中央大陸風の服装だ。

「あ、エリーさん」

「意外ね。ユウはこの手の武闘《ぶとう》大会には興味ないと思っていたわ」

「いえ。実は私の弟子《でし》がタッグトーナメントに出場しているんです」

「そうだったの？」

ユウが視線を下げると弟子のリリが軽く頭を下げた。その隣《となり》には子馬程のサイズの鳥形の魔物バードランナーが居る。バードランナーは飛行能力を失った代わりに高い脚力《きゃくりょく》と走破能力を持つ魔物だ。

「ルノアとミーシャも出場しているのよ」

「では勝ち上がったら当たるかもしれませんね」

「そうね。私達ボックス席を取っているんだけれどよかったらユウも一緒に観戦する？」

「良いんですか？　ではお邪魔《じゃま》します」

リリは従魔のバードランナーと共に出場しているらしく、試合は第三試合。ルノアとミーシャが第四試合なので二組共勝ち上がった場合対戦する事になる。

ユウとリリを加えて会場まで歩いていると、昨日までは無かった露店《ろてん》が商品を広げていた。並んでいる商品はスノーバードやスモールラビット、フラワーキャットの様な小型の魔物や首輪などの従魔用品らしい。

「かわいい！」

小さな籠《かご》に入れられた小型の魔物にアリスが駆《か》け寄って行った。

「あれ、魔物ですよね？」

「売ってるみたいですけど良いのでしょうか」

「特に問題になる魔物はいないわね。あの魔物はどれも普《ふ》通《つう》のペットと変わらない物だしね」

「そうですね。商業ギルドの許可証もあるみたいですし問題ないと思います」

ユウが言う商業ギルドの許可証とは商品と一緒に置かれている書類だ。従魔用の魔物の販売《はんばい》などはこの許可証がないと違法《いほう》になる。

「ねぇ、ママこの子かわいいよ」

アリスが抱き上げたのは額に赤い小さな宝石がついた子猫程《こねこほど》の小動物だ。

「あら、カーバンクルね。珍《めずら》しい」

「珍しいのですか？」

「ええ。カーバンクルは魔物と言うより精霊《せいれい》に近いのよ。人里離《はな》れた森林に生息している上、成獣《せいじゅう》は隠蔽《いんぺい》や幻惑《げんわく》の魔法を使えるからまず捕《つか》まえられないわね」

「詳《くわ》しいねお客さん。この子は親を亡《な》くしたみたいでね。仲間の商人が保護していたんだが買い手がつかなくて、オイラが祝祭に行くってんで預かったんだ」

「なるほどね。確かにカーバンクルはなかなか売れないでしょうね」

「可愛いですし、魔法も使えるなら従魔としてすぐ売れそうな気がしますが？」

「それは……」

不思議そうにするミーシャに説明しようとした私だが、裾《すそ》をひくアリスに言葉を止める。

「ママ、この子飼いたい」

「う～ん」

アリスが気に入ったと言うなら買ってあげたいところだが、他の従魔と違いカーバンクルは少々特殊《とくしゅ》なのだ。勿論《もちろん》、店主もそれを知っているから無理に勧めて来る事はない。しかし、出来れば早めに手放したい様で悩《なや》む私に期待した視線を向けていた。

「アリス。カーバンクルは水と魔力を食べるのよ。もしアリスの魔力をその子が気に入ってくれたら飼ってもいいわよ」

「わかった！」

「アリスちゃんの魔力ですか？」

「カーバンクルは非常に偏食《へんしょく》なのよ。自然界では清浄《せいじょう》な水に含《ふく》まれる魔力を好んで食べるらしいわね。飼育下では飼い主の魔力を気に入っていれば問題無いけど、ダメならばカーバンクルが気にいる魔石や魔宝石などから魔力を与えなければならないわ」

店主がカーバンクルを手放したがるのはそれが理由だ。カーバンクルはこうして維持《いじ》するだけでもかなりのコストが掛かるのだ。

「アリスちゃん。手から魔力を出してみて下さい。魔法を使う時の感覚です」

「うん」

ユウがアリスにコツを教えると、アリスの手からゆっくりと魔力が溢《あふ》れ出してきた。カーバンクルがピクリと反応してアリスの腕を伝い、鼻をひくつかせてアリスが手に纏《まと》った魔力を覗《うかが》っている。

「あっ！」

カーバンクルがアリスの魔力を舐《な》める様に食べ始めた。

「どうやらアリスの魔力を気に入ったみたいね。店主さん。この子を買い取るわ。いくらかしら？」

「まいど！　金貨十二枚になりやす！」

「「ええ!?」」

ルノアとミーシャが驚いているが、私としては予想の範囲内《はんいない》だ。今までカーバンクルに食べさせていた魔石や魔宝石の分のコストが乗っているのだろう。

「ミレイ」

「はい」

ミレイが金貨を店主に手渡《てわた》すと、即金《そっきん》で金貨を支払《しはら》った事に少し驚いた様だが、嬉しそうに受け取り、小型魔獣用の首輪をサービスしてくれた。嬉しそうにカーバンクルの頭を撫《な》でるアリスにリリが問いかける。

「名前は何にするの？」

「名前……」

アリスが私を見てくるので、アリスが決めてあげなさいと言うと、難しい顔をして悩み始めた。カーバンクルはそんなアリスをよそに満足するまで魔力を食べ、肩や腕などを駆

け回り、一番居心地《いごこち》が良かったのか頭の上で体を丸めて落ち着いていた。

騎士団の訓練所に到着《とうちゃく》した私達は、出場者席に向かう三人と一羽と別れ、係員にボックス席に案内される。

「ほう、ボックス席ってこんな風になっているのですね」

ユウは興味深そうに辺りを見回した。

「ユウならボックス席くらい普通に用意できるでしょう」

「そうなんですけどね。わたし一人でわざわざボックス席を用意するというのもどうかなって思って」

「確かにそれもそうね」

ユウと話していると試合開始のアナウンスが聞こえて来た。ユウの弟子のリリと従魔のバードランナーの試合だ。

バードランナーに騎乗《きじょう》したリリはその高い機動力を生かして初戦を突破した。

「これでルノアさんとミーシャさんが勝ち上がったら私とエリーさんの弟子対決ですね」

「弟子?」

ユウの言葉にふと考える。確かに二人は私の弟子と言っても良いだろう。

「そうね。弟子同士の対決になるわね」

そんな事をユウと話しているとルノアとミーシャの試合が始まった。相手は新人衛兵のペアらしい。連携はそこそこだが技量はまだまだ。予選は相手に恵《めぐ》まれたのだろう。その上、ミーシャとルノアが少女である事から油断していたようだ。開幕と同時に距離を詰めた二人に驚《おどろ》いている間にミーシャに体勢を崩され、ルノアの【突風《ガスト・ウインド》】で二人まとめて飛ばされてリングアウトしてしまった。


そして午後、二回戦だ。師であるユウが大斧《おおおの》使いである影響《えいきょう》か、リリが手にしている武器は手斧だ。更《さら》に腰には鉈《なた》が提《さ》げられている。大きな二足歩行の鳥形の魔物バードランナーを連れての参加だ。

『さぁタッグトーナメントも盛り上がってまいりました。次の試合はリリ&モモ対ミーシャ&ルノアの対戦です。三人共年若い少女ですが一戦目では素晴《すば》らしい戦いを見せてくれました。リリ選手は今大会唯一《ゆいいつ》の従魔とのペアでの出場です。初戦では従魔に騎乗してまさに人魔一体の戦いを見せてくれました。対するミーシャ選手とルノア選手はお手本の様な前衛と後衛のペアです。素早く柔軟《じゅうなん》な前衛を風魔法で援護《えんご》しつつ大技を狙《ねら》う堅実な戦い型で個人の力量で上回る相手を下しております！』

「あの解説の方、軽いノリですがなかなか的確ですね」

「ホーキンス氏が連れてきた人だからね」

私は柵《さく》に掴《つか》まり覗き込むアリスが落ちない様に肩に手を添《そ》えながら試合が始まるときを待った。

◆

タッグトーナメントが行われる会場の人の入りは半分を少し超《こ》えるくらいだろうか。この時間は各商会が主催している展示会や昼食会なども多く有り、タッグトーナメントを見に来ている人も限られているのだろう。ミーシャとルノアがリングに上がると、反対側からリリが同じようにリングに上がる。

「あのバードランナー、確か名前はモモでしたっけ？」

「うん。モモは飛べないけどかなり速いし、蹴《け》りも強力だよ」

リングの中央部で向かい合った後、少し離れる。リリはモモに騎乗して手綱《たづな》を握《にぎ》り片手で斧を構える。審判《しんぱん》の合図でモモが駆け出し迫《せま》る。

「ルノア様！」

「うん！」

ルノアが杖《つえ》をリングの石畳《いしだたみ》に付けて呪文《じゅもん》を詠唱《えいしょう》する。

「風よ　その風圧を以《もっ》て　分断せよ　【風壁《エア・ウォール》】」

ルノアとミーシャの前に逆巻く風が壁の様に噴《ふ》き上がりリリとモモの突進《とっしん》を止める。その隙にルノアは退《さ》がって次の魔法の詠唱を始め、ミーシャがルノアを守る様に構える。逆巻く風の防壁《ぼうへき》の左右を警戒《けいかい》していたミーシャは防壁を飛び越《こ》える影《かげ》が見えた瞬間《しゅんかん》反射的に短剣を上に向ける。モモが翼《つばさ》を広げている影が見えたがその背にリリは居ない事に気付いた瞬間ミーシャは自分のミスを察した。

「くっ！」

反射的に上を向いた体を無理やり正面に戻《もど》した瞬間、全身に水を纏ったリリが風の壁を無理やり突《つ》き抜けて来た。

「ふっ！」

鋭《するど》く振るわれるリリの手斧だが、その威力は風の壁に寄ってかなり落ちていた。おかげでミーシャの短剣は折れる事なく手斧の一撃を受け止めることが出来た。

「やるねミーシャ！」

リリは踏《ふ》み出した右足を軸《じく》に鋭く転身して腰の鞘《さや》から抜き放った鉈を下段から逆袈裟《ぎゃくけさ》に振り上げる。狙いは大雑把《おおざっぱ》だが鋭く速い高威力の一撃に、ミーシャは受け止める事を諦《あきら》めて上半身を逸《そ》らして身を躱《かわ》す。その隙を待っていたかの様にルノアに向かっていた筈のモモがその剛脚《ごうきゃく》で進路を急転回して背後からミーシャへと蹴りを放った。

「ミーシャちゃん！」

「大丈夫《だいじょうぶ》！」

モモの蹴りを身を屈《かが》めて避《よ》けると、リリの鉈による連撃《れんげき》を守護者の短剣で逸らし受け止め、時に突きや払《はら》いを交ぜて斬《き》り結《むす》ぶ。集中力がます度《たび》に試合前はプレッシャーとなっていた観客の歓声《かんせい》も次第《しだい》に聞こえなくなり、ミーシャの感覚は自分とルノア、相手の二人の動きに集約されて行った。

「撃《う》ち抜け　その風圧を持って粉砕《ふんさい》せよ【風弾《エア・バレット》】」

横合いからルノアの魔法がリリを狙う。しかし寸前のところでリリは走って来たモモに掴まりその場を離脱《りだつ》した。

「ルノア様！　牽制をお願いします」

「分かった！」

ルノアが撃ち出した小さな【風弾】の弾幕《だんまく》を追う様にはしるミーシャは守護者の短剣を

左手に持ち替え、腰から抜いた投擲《とうてき》用のナイフを投げる。リリは鉈の鞘を投げてナイフを撃ち落としながらモモから降りて地を駆《か》ける。ミーシャも走っていた為、お互《たが》いの距離はほんの数秒で詰められるた。

「モモ！」

リリの合図でモモが加速してルノアを体当たりでリングの端《はし》まで弾《はじ》き飛ばす。カウンターを用意していたルノアだったが、モモの急加速に対応出来なかった。モモはルノアを追《つい》撃《げき》はせずにミーシャへと向かう。ルノアは起き上がり魔法を詠唱するが、モモがミーシャに攻撃する方が早い。リリとモモの攻撃が同時にミーシャを狙う。

「【虚　歩《フェイク・ステップ》】」

「っ⁉」

ミーシャの上半身が不規則にゆらりと揺《ゆ》れてリリの鉈をギリギリのところで避ける。しかしリリはこの隙を逃《のが》すつもりはないらしく、モモと共に一気《いっき》呵《か》成《せい》に攻め立てた。

「水よ　我《わ》が敵を打ち据《す》えろ【水　鞭《ウォーター・ウィップ》】」

「グァ！」

鉈を柄《え》に見立てた水の鞭は破壊力《はかいりょく》こそ控えめだが、一度《ひとたび》搦《から》めとられると非常に厄介《やっかい》だ。術者の練度にもよるだろうが、以前ミーシャが目にしたエリーの同じ魔法は水をまるで糊《のり》のように変化させて敵を拘束《こうそく》してしまった。しかし鞭に気を取られるとモモの強力な蹴りを貰ってしまう。こちらに向かって走るルノアが合流するまでのほんの数秒がミーシャにとってはとても長く感じられた。

「しまっ⁉」

一瞬《いっしゅん》、気が逸れてしまった瞬間、リリの【水鞭】がミーシャの脚《あし》を搦めとる。エリーの魔法とは違い、捕まって即《そく》行動不能と言う訳ではないが、大きな隙《すき》となるのも事実だ。

「貰った！」

「グェ！」

リリの水を纏った拳《こぶし》とモモの蹴りが同時にミーシャの胴《どう》へと打ち込まれる。

「ぐっ」

「はっ⁉　モモ離れて！」

「ギョ！」

攻撃が当たる直前、ルノアの防御魔法《ぼうぎょまほう》がミーシャを守ったのだ。リリ達が二人でミーシャを狙った瞬間、詠唱途中《えいしょうとちゅう》だった魔法の一部を変更《へんこう》して咄嗟《とっさ》に防御魔法を構築したのだ。射程がギリギリだったが何とか間に合ったその魔法は敵の攻撃を風で受け止める事をトリガーとして別の魔法に繋げる扱《あつか》いの難しい魔法だ。しかしタッグトーナメンに参加すると決めてからこの連携はミーシャと共に何度も練習を重ねていた。

「【反逆の風《リベリオン・エア》】」

ミーシャを中心に突風が吹《ふ》き、それと同時にミーシャは守護者の短剣に魔力を込める。守護者の短剣にはルノアの魔法【風弾】が込められている。発動した【風弾】は【反逆の風】によってミーシャの周囲に吹く突風と合わさりリリとモモをリングの外まで吹き飛ばした。

「グァ！」

「ぐっ、モモ！」

モモは地面へと落ちる前に同じく吹き飛ばされていたリリをリングに向かって蹴り飛ばした。リングアウトを免《まぬが》れたリリは右手に手斧、左手に鉈を構える。

「ミーシャちゃん！」

「大丈夫です。練習通り完璧《かんぺき》なタイミングでした」

ルノアは杖を振り、周囲にゆっくりと風を起こす。下級魔法だがルノアが詠唱無しで使える数少ない魔法で、相手の動きを感知し、わずかだが妨害《ぼうがい》も出来る便利な魔法だ。短剣を逆手に身を低く構えたミーシャの背を押す様に、更にリリの周囲にはランダムに方向を変えて風の流れを作る。

数秒の睨《にら》み合いの後、先に動いたのはリリだった。手斧を投げ、鉈を右手に持ち変えると、手斧の軌道《きどう》に身を隠《かく》す様に走る。だが手斧はルノアの風により逸らされ、正面からミーシャと相対すると正面から鉈を振り下ろした。ミーシャは迫り来る刃《やいば》の腹を払う様に左《ひだり》腕《うで》を振るい、更にリリの勢いを利用して守護者の短剣の柄で殴《なぐ》りつけた。

「がっはっ！」

リングを転がったリリの元に審判が駆け寄り、戦闘不能を宣言する。

「勝者！　ルノア、ミーシャペア！」

ルノアとミーシャの耳に観客の歓声が戻ってくる。いつの間にか観客の数は増えており、会場はすでに七割ほど埋《う》まっていた。ルノアとミーシャは歓声に応える様に頭を下げたり手を振ったりしながら退場していった。

◇

試合が終わりリリを迎《むか》えに行くユウと別れ、ルノア達と合流し屋台を回るミレイとアリスを見送った私はイーグレットと合流して街へと繰《く》り出した。祝祭中の帝都《ていと》は普段《ふだん》と違《ちが》い至る所で音楽が奏《かな》でられており、素人《しろうと》レベルの者から宮廷《きゆうてい》演奏家と遜色《そんしよく》のない者まで様々だ。

「さて、エリーは何処《どこ》か行きたい所とかは有るのか？」

「特にないわね。実際に参加するのは初めてだし、商会の準備もあってあまり下調べもしていなかったから」

「そうか。では今日は俺《おれ》がエスコートさせて貰《もら》うとしよう」

「そうね。お任せするわ」

私は気障《きざ》ったらしく差し出されたイーグレットの腕《うで》をとった。まるで舞台俳優の様な芝《しば》居《い》がかった所作だが違和感《いわかん》などはなく、何処か気品の様な物も感じる。商会の跡取《あとと》りとして貴族との取引を考えて高位貴族レベルの家庭教師をつける場合もあると聞くが彼もその類《たぐ》いだろうか。


「あら、エリーさん」

「ん？」

名を呼ばれて振り返れはメガネをかけた女性がこちらへ歩み寄って来た。

「アルテさん。お久しぶりですね」

「ええ。エリーさんが帝都に拠点《きょてん》を移してからはあまり関わりがありませんでしたから」

彼女《かのじょ》はアルテ・ヒルガディィエ、帝国《ていこく》商業ギルドの法務部の執行官《しっこうかん》だ。私の商会の石鹸《せっけん》が偽《ぎ》造《ぞう》された事件でお世話になって以来、レブリック領にいる間は何度か食事に行った事もある。

「今日は祝祭の為に帝都へ？」

「いえ、私は元々帝都のギルドの所属なんです。レブリック領へは欠員の補充《ほじゅう》までの間、出向していたんです。新人の教育も終わったのでこれからはまた帝都で働きますよ」

「そうだったのね」

「ところでそちらは？」

「彼はイーグレット・バーチ。ナイル王国のバーチ商会の商会長よ」

「そうでしたか。私は帝国商業ギルドの法務部に所属しているアルテ・ヒルガディィエと申します。以後、お見知り置きを」

「ああ、よろしく」

イーグレットがアルテと握手《あくしゅ》を交《か》わしていると、そこに小柄《こがら》な人影《ひとかげ》が駆け寄って来た。

「姉上、お待たせいたしました」

「弟君ですか」

「はい」

アルテが弟に視線を送ると少年は姿勢を正して礼をとる。

「お初にお目に掛《か》かります。ヒルガディエ男爵《だんしやく》家当主のネスタルト・ヒルガディエと申します。いつも姉がお世話になっております」

「商人のエリー・レイスと申します。どうぞお見知り置きをネスタルト様」

「同じくナイル王国の商人、イーグレット・バーチと申します」

ネスタルトは礼儀《れいぎ》正しい少年だった。

「アルテさんはヒルガディエ男爵家の方だったのですね。成人前のネスタルト様が御当主《ごとうしゅ》という事はアルテさんが後見人を？」

「はい。私は家を出て平民となっていたのですが、父が急死してしまったので弟が成人するまで私が後見人となる事になりまして、今日はその手続きもあり弟を帝都に呼んだのです」

確かヒルガディエ男爵家は最近まで領地を持たない法服貴族だった筈《はず》だ。例の偽金《にせがね》の一件で王国から賠償《ばいしょう》として割譲《かつじょう》された領地の内、半分がレブリック辺境伯《はく》家に、もう半分が一旦《いったん》帝国の直轄《ちょつかつ》地となった後、功の有った貴族へと下賜《かし》されたのだが、その一つがヒルガディエ男爵家だった筈だ。そんなタイミングで当主の交代、それもまだ幼い新当主に女性の後見人とは、かなり苦労しそうだ。

「そうだったのですか。お悔《く》やみ申しあげます。ネスタルト様。もし私でお力になれる事が有ればご遠慮《えんりよ》なくお声をお掛けください」

「ありがとうございます。特別認可《にんか》商人であるレイス殿《どの》とこうして顔を合わせられたのは望外の幸運でした。イーグレット殿も国外の商人ならば帝国の外の商品にも明るいのでしょう。お二人とも、時間が出来れば是非《ぜひ》お話をお聞きしたく存じます」

「勿体《もったい》なきお言葉、感謝致《いた》します」

「機会が有れば是非」

私とイーグレットは若き貴族家の当主に丁寧《ていねい》に頭を下げ、まだ手続きが有ると言う二人と別れた。

「まだ子供だってのに立派なもんだ」

「例え幼くても貴族家の家督《かとく》を継《つ》いだのなら、その背には領民の命を背負っているわ。子供では居られないのでしょう」

こればかりは私にも如何《どう》にも出来ない問題だ。二人の背が通りの角に消えるのを見送った後、私とイーグレットは遠目に見えた菓子《かし》らしき物珍《ものめずら》しい食べ物を買いに向かうのだった。

◆

ハルドリア王国の王城。フリードは自身に与えられた執務室《しつむしつ》で書類を書き上げていた。

「おい、出来たぞ」

「ありがとうございます。お次はこちらを」

秘書の様に控《ひか》えている娼婦《しょうふ》の様な場違《ばち》いな格好をしたカラスと名乗る女がフリードに次の書類を渡《わた》す。内容は王都郊外《こうがい》にある小さな村に続く道の整備に関する物だ。

「ふん。お前の言う通りにしてはいるが、本当にこんな地味な仕事で俺は国王になれるのか？　こんな物は新人文官の仕事だろう。もっと宿敵である帝国にダメージを与える様な武功が必要なのではないか？」

「ご心配には及びません。確かに有事であれば武功高い王への支持は集まりますが、現在の王国と帝国の情勢は安定へと向かっております。そこに武功を求めて戦を起こせば逆に支持を下げる事になります」

「しかし、俺を支持している臣からは帝国との和平を結んだ父上を軟弱《なんじゃく》だったと非難する声も少なくないぞ」

「それは戦争で儲《もう》ける武器商人や奴隷《どれい》商人などと繋《つな》がりのある一部の者達《たち》だけでしょう。

そういった者達はえてして声が大きいものです。それに軍のトップであるファドガル侯爵《こうしやく》が反戦派です。かの御仁《ごじん》が軍部を抑《おさ》えていますから、例え小競《こぜ》り合いを起こしたとしても条約を破棄《はき》して大きな戦争へと発展させる事は難しいでしょう。それで争いを起こしたとしても得られる物は小者からの上辺だけの支持です。リスクとリターンがまるでつりあっていません」

「そ、そうか……そうだな。うむ。俺の考えも同様だ」

「流石《さすが》です。フリード殿下《でんか》。その村は現在はただの田舎《いなか》の農村ですが、周辺を整備し街道を通す事でデッケンハウワー子爵領と王都を最短で繋ぐルートを開設できます。デッケンハウワー子爵領では最近金鉱脈が発見されたのです」

「なに⁉」

「情報によるとここ数ヶ月、デッケンハウワー子爵が鉱山技師や採掘《さいくつ》師を集めていまして、人を使って探《さぐ》りを入れたところ金鉱脈を発見したとのこと。もう少しすれば王城にも報告が入るでしょう。そしてデッケンハウワー子爵領の近くまで街道を延《の》ばしていたフリード殿下ならそのまま王都とデッケンハウワー子爵領を繋ぐ仕事を取れます。上手《うま》くすれば金の流通に一枚噛《か》む事も可能です」

「なるほど。わかった。村への街道整備を急ぎ進めよう」

「お願いいたします。あぁ、その際こちらの書類にもサインを。件《くだん》の村の住人からの嘆願《たんがん》書《しょ》です。小さな村の声にも耳を傾《かたむ》ける優《やさ》しい王太子のアピールになります」

「うむ」

フリードが書類を受け取って処理して行く。とは言っても殆《ほとん》どはカラスが仕上げていたのでフリードがやる事と言えばカラスの書いた文章を写して自身のサインを入れるだけなのでそう時間が掛かる事はない。早々に書類を書き上げたフリードはカラスが用意した紅茶に口をつける。今まで飲んだ事のない不思議な風味だが、フリードは気に入っている。

「今日の仕事は終わりか？」

「書類仕事は以上です。あとは商人との面会が一件のみです」

「そうか。お前を秘書としてからはかなり余裕《よゆう》ができたな」

「殿下は元々優秀《ゆうしゅう》なお方でしたから。以前の秘書官が無能だったのでしょう」

「アデルの用意した者だからな。俺の邪魔をする様に言い含められていたのだろう」

自分を持ち上げるカラスの言葉に気を良くしたフリードは商人の来訪を告げる従僕《じゅうぼく》の声に席を立った。


応接室に移動したフリードを待っていたのは以前、シルビアの紹介《しょうかい》であった事のある異国の女商人だ。確か小さな属国の出身だった筈だが詳しくは覚えていない。

「久しいなクリス」

「お久しぶりです。フリード王太子殿下」

「お前、その腕はどうした」

クリスは以前会った時とは違い右腕《みぎうで》が魔導義肢《まどうぎし》へと変わっていた。

「これはお見苦しい物を。行商の途中《とちゅう》、魔物に襲《おそ》われ右腕を失ってしまったのです。幸い逃《に》げることができ、知り合いの腕の良い職人に魔導義肢を作成していただいたので不便も感じません」

「そうか。それは災難だったな」

クリスと向かい合わせにソファに座《すわ》るとフリードは早速《さっそく》話を切り出した。

「それで今回お前を呼んだ理由なのだが」

「はい。何でもご依頼《いらい》があるとか」

「そうだ。おい」

フリードが促《うなが》すと背後に控えていたカラスが数枚の紙をクリスに手渡した。

「そのリストにある物をナイル王国に支援《しえん》物資として届けて欲《ほ》しい。こっちは孤児院《こじいん》への支援物資だ」

「畏《かしこ》まりました。しかし当商会の規模では一度の運搬《うんぱん》は不可能です。複数回に分けての納品となります」

「問題ない」

これも事前にカラスに言われていた事だ。一度に大量に届けて終わりよりも、複数回届けて継続《けいぞく》して支援している様に見える方が民の受けが良い。

「ナイル王国との出入りの手続きが簡略化されるよう申請《しんせい》を出しておいた。帰りに許可証を受け取って行くよう」

以前なら申請などしなくともフリード自身が許可証を出せたのだが、今はアデルの裁可が必要だ。

「ご配慮《はいりょ》頂きありがとうございます」

「では頼《たの》んだぞ」

クリスが帰った事でこの日のフリードの仕事は終わった。自室に戻るとシルビアが何やら深刻そうな表情でフリードを待っていた。彼女はまだ婚約者《こんやくしゃ》に過ぎないが、実家で有るロックイート男爵家が反乱によって途絶《とだ》えてしまった事を理由にフリードが城に住める様に無理やり手を回した。ブラートはあまりいい顔をしなかったが、アデルが賛成した事で異例の事態に許可が降りたのだ。

「お疲《つか》れ様《さま》です。フリード様」

「シルビィ。どうしたんだ？　浮《う》かない顔をしているぞ」

「フリード様……やはり今日のお仕事もあのカラスとかいう女と？」

「ん？　そうだが……あぁ、嫉妬《しっと》か。案ずるな。俺はシルビィ以外の女に靡《なび》いたりはしないぞ」

「違います！　フリード様はおかしいと思わないのですか⁉　いきなり現れたと思ったら何処《どこ》の誰《だれ》とも分からないのに急にフリード様の秘書官になるなんて！　以前の秘書官はどうなったのですか！」

「以前の者は親が病気だとかで実家に帰ったと聞いたぞ。心配のし過ぎだ」

「心配するに決まっているではないですか⁉　どう考えてもおかしいです！　だいたいあんな破廉恥《はれんち》な格好で居るのに文官や騎士《きし》が何も言わないのもおかしいじゃないですか！」

「お、落ち着けシルビィ。一体どうしたんだ？　確かに少し変わった格好かも知れんがそこまでおかしいか？　彼女は異国の出身だし、そんなものだろう」

「なっ⁉」

シルビアはその言葉に愕然《がくぜん》とする。フリードは自身の言葉がいかに不自然か気付いていないのだ。立場が危《あや》ういとは言え今でもフリードは王太子だ。その秘書官が紹介状《しょうかいじょう》もない他国の女などあり得ない。

「フリード様、一体何があったのですか⁉　今の状況《じょうきょう》を理解されているのですか！　家の後《うし》ろ盾《だて》も無くなってほぼ平民と変わらない私をアデル殿下が城に留め置いた理由をわかっているのですか！」

「おいおい、そんな事を言うな。ご両親が亡くなって不安なのだろう。大丈夫だ俺がシルビィを守るさ」

「あ、あんな奴《やつ》らなんてどうでも良いんです！　アデル殿下はフリード様と私をまとめて……」

「おや、随分《ずいぶん》と興奮されていますね。シルビア様」

「ひっ⁉」

「カラス。どうかしたのか？」

「はい。明日必要な資料をお持ちいたしました。お目通しをお願いいたします」

「わかった」

フリードの背後に突然《とつぜん》現れたカラスにシルビアは飛び上がって驚いた。カラスはこうして突然消えては現れる事がある。彼女を警戒しているシルビアとしては気が気ではない。

そのうえ周りの者達はそれを不自然だとは思わないのだ。シルビアはベールで半分隠したカラスの顔を睨みつける。

「ごきげんよう。カラスさん」

「ごきげんよう。シルビア様」

今日、フリードを説得できなかったら最後の手段としてアデルに保護を求めるつもりだった。シルビアはカラスがアデルを避けている事に気づいたのだ。自身を良く思ってはいないアデルを頼《たよ》るのはリスクが大きいが、もう逃げる実家のないシルビアにはとれる選択肢《せんたくし》が少ない。得体の知れないカラスよりはシルビアを利用しようとしているアデルの方がまだマシに思える。フリードを利用して何かを企《たくら》んでいる怪《あや》しい女を突き出せば命くらいは助けてくれるかも知れない。

「貴女《あなた》、また解けかけているわね」

「え？」

警戒していた筈なのに既《すで》に触《ふ》れられそうな程《ほど》の距離《きょり》まで近づかれている事に驚くシルビアの頭に、カラスはそっと手を乗せた。シルビアはその手を振《ふ》り払おうとするが体は動かない。

「偶《たま》に居るのよね。魔力《まりょく》が高い訳でも、訓練している訳でも無いのに幻惑や暗示に高い耐《たい》

性《せい》を持ってる人間って。まったく手間の掛かる。とんだ誤算だわ」

まるで夢を見ている様な曖昧《あいまい》な感覚の中、シルビアはカラスのそんな言葉を聞いた気がした。


「……ビィ……シルビィ！」

「え？　フリード様……」

「どうしたんだ。急にぼ～っとして」

「え、……えっと、カラスさんは？」

「カラスならさっき仕事終わりに別れたからまだ執務室に居ると思うが何か用か？」

「いえ……何でも有りません」

「そうか。最近は心労も多い事だろう。今日は早めに休むと良い」

「…………はい」

シルビアは首を傾《かし》げながら答えた。

◇

イーグレットが見つけたのは奇妙《きみよう》な菓子の屋台だった。如何やら砂糖を溶《と》かし遠心力で細い糸の様に加工している様に見える。

「エリー、あれ知ってるか？」

「見た事のない菓子ね」

「糸飴《いとあめ》だ。砂糖を糸状にした物で口の中で溶けて消える様な不思議な食感なんだ」

「へぇ」

「俺も一度食べた事があるだけだけどな」

そう言ってイーグレットは糸飴を二人分買って戻ってきた。

「ほら」

「ありがとう」

棒の先に綿の様に付けられた糸飴を受け取り口にしてみる。味は単なる砂糖だが、形状が変わるだけでこれだけの変化があるのは面白《おもしろ》い。

「シンプルな味だが面白い食感だろ」

「口の中で甘《あま》さを残して食べられるのは楽しいわ。こんどアリスにも食べさせたいわね」

「あの屋台は祝祭の間あそこに居るらしいから今度子供達を連れて来てやると良いさ」

「そうね」

その後、イーグレットが薦《すす》める屋台料理に舌鼓《したつづみ》を打った私は、エスコートを受けながら貴族街に近い別の広場へと移動した。この広場では帝国各地から多種多様な芸術家が集まっていた。大きなキャンバスに二人がかりで絵を描《か》くパフォーマンスを見物し、偶然《ぐうぜん》その場に集まった音楽家たちのセッションを楽しんだ。

「あら」

そんな中、私の目に留まったのは子供たちが売っている刺繍《ししゅう》入りのハンカチだ。どうやら帝都の孤児院の子供たちが刺繍を入れて売っているようだ。芸術とは少し違うかもしれないが、商人がしのぎを削《けず》る様な場所より此処《ここ》の方が売りやすいだろう。芸術を楽しみに来る様な平民は裕福《ゆうふく》である場合が多いし、お忍《しの》びの貴族も居る。そう考えるとこの場所を孤児院に割り当てたのは慈善《じぜん》事業の一環《いっかん》なのかもしれない。

「ほぅ。なかなかの腕前《うでまえ》だな」

イーグレットの言う通り、子供にしては結構上手い。勿論《もちろん》、プロの針子や服飾《ふくしょく》師には及《およ》ばないが、とても丁寧に作られている。

「い、いらっしゃいませ」

少し緊張《きんちょう》している子供を怖《こわ》がらせない様に気をつけながら声を掛ける。

「こんにちは。この刺繍は君達が刺《さ》したの？」

「はい。院の皆《みな》んなで作りました」

「へぇ」

私はハンカチを一枚手に取り縫製《ほうせい》を確認《かくにん》する。

「これとこれ、それと向こうの三枚も貰えるかしら？」

「あ、ありがとうございます！」

ハンカチを受け取りながら彼《かれ》らの孤児院の場所などを聞くと、確か私の商会が定期的に寄付をしているところの一つだった。子供たちに軽く手を振り別れた私は、隣《となり》を面白い物を見たと言う顔で歩くイーグレットに視線を向ける。

「少し意外だったわ」

「ん？」

「キザな貴方《あなた》なら『ここは俺が』とか言ってお金を出すかと思ってね」

「なんだ、プレゼントして欲しかったのか？」

「いいえ。もしそう言ったなら断っているわ」

「そうだろうな。エリーが個人的に使うなら是非プレゼントしたかったが、例え少額であっても他所《よそ》の商会の投資に金を出してやる謂《いわ》れはないだろ？」

イーグレットは目についた屋台で果実水を二つ購入《こうにゅう》して一つを私に差し出した。

「ほら、お嬢《じょう》さん。ここは俺の奢《おご》りだ」

「ふふ、やはり貴方は面白いわね」

わざとらしくそんなセリフを吐《は》くイーグレットから果実水を受け取る。

「それで、その刺繍で何をするつもりなんだ？」

「孤児院に仕事を発注するのも良いかと思ってね。具体的にはまだ考えていないわ」

「孤児院に仕事ねぇ。そいつは国のお偉方《えらがた》が考える事だろ」

「そうでもないわよ。私は商人は積極的に孤児に対して支援をするべきだと思うのよ」

「その心は？」

「まず第一に労働力ね。何の技術も持っていない子供の仕事だから高いクオリティを求める事は無理だけれど、その分安価になるわ。それでも保証人の居ない孤児が受けられる仕事は、騎士団《きしだん》の雑用や通りの清掃《せいそう》などの国からの支援に近い仕事に比べれは高収入だし、技術を習得できるかもしれない」

「第二は？」

「将来の顧客《こきやく》を生み出すのよ」

果実水を口にし、その甘酸《あまず》っぱい味わいで舌を湿《しめ》らせた私は話を続ける。

「支援した子供が将来、経済的に自立すれば、新たに商品を買う顧客となるでしょう？」

「気の長い話だな」

「まぁね。でもこの考え否定できる？」

「否定はできないし、するつもりもないさ。だがやはりその考え方は商人と言うよりも国を動かす側の考え方だな」

「嫌味《いやみ》のつもり？」

イーグレットは何が面白いのか苦笑《くしょう》を浮かべて言うが、私にとっては面白くない。

この男は私の出自を知っている筈だ。

「まさか。ただ事実を言ったまでだ。王国に行くのは無しにしても、何処かの国に士官したりしないのか？」

「私は女よ」

「関係あるのかね？　君程の才があればその程度の事柄《ことがら》は壁になり得ないと思うが」

「……褒《ほ》め言葉《ことば》として受け取っておくわ」

「ああ、そうしてくれると助かる。俺は褒めているんだからな」

私とイーグレットは軽口を交わしながらまた別のエリアへと移動して来た。この辺りは骨董品《こっとうひん》や雑貨などが乱雑に売られている。品揃《しなぞろ》えは玉石混淆《ぎょくせきこんこう》。掘《ほ》り出し物もあれば詐欺《さぎ》まがいの偽物《にせもの》もある。そんな露店《ろてん》を冷やかしながら歩いていると、ある店が目に入った。私が足を止めるとイーグレットもその店の品に目を向けて小さく口笛を吹いた。

「ねぇ貴方。この品は貴方が仕入れた物なの？」

私は露店の店主に尋《たず》ねる。

「はい。私が各地を回って良いと思った物を仕入れて来ました」

店主は嬉《うれ》しそうにそう返した。

「そうなのね。でも少し高いわね。この薄汚《うすよご》れた燭台《しょくだい》に銀貨十五枚はちょっとね。銀貨十枚と銅貨八枚なら買うけど、如何かしら？」

「すみません。うちは値を変えるつもりは無いんですよ。どれも俺が気に入って仕入れた物なんで、この値段でも良いって人に買ってもらって大切にして貰いたいんで」

そう言う店主に私は他にも何点か値切りの交渉《こうしょう》をしてみたが彼は頷《うなず》く事はなかった。

「悪いね、お客さん」

「いいえ。私の方こそ試《ため》したみたいで申し訳ないわ」

「え？」

「貴方、名前は」

「エンバースだけど」

「そう。私はエリー・レイスよ。エンバース、貴方はこの燭台がどう言う物か分かっていて売っていたの？」

「いいや。ただ俺が気に入っただけだ」

「これは故王国時代後期にドワーフの国でつくられた物よ。この状態なら銀貨十三から十七枚くらいかしら。きちんと手入れをすれば金貨一枚でも売れるわ」

「ええ!?」

「貴方が扱っている商品はどれも本物よ」

彼が並べる商品は他の店なら一点有るか無いかの掘り出し物ばかりだ。それも殆どが適正な価格で売られている。その事実が彼が商人として優《すぐ》れた目利《めき》きである事を証明していた。

「ここにある商品、全て買い取るわ。勿論、大切に使わせて貰うつもりよ。とても良い物ばかりだからね」

「そ、それは……ありがとうございます」

「私、トレートル商会という商会を経営しているの。興味があったら訪ねて来てもらえるかしら？」

適当な紙に屋敷《やしき》の場所を書いて代金と共に手渡《てわた》し、商品を【強欲の魔導書《グリモア・マモン》】にしまうと、私はポカンとしているエンバースに別れを告げてイーグレットと共に次の店へと向かった。

「くっくっく。商売のアイデアを考えていると思ったら今度はスカウトか？」

「知識ではなく自らの感覚で掘り出し物を見つけるなんて、あんな目利きなかなか居ないわよ」

「君にとっては彼自身が掘り出し物って事か」

何やら上手いことを言っているイーグレットだったが、その後は彼も数人見込《みこ》みのある行商人を見つけたらしく、積極的に自らの商会にスカウトしている様だった。

◇

その夜、リビングで寛《くつろ》いでいた時。膝《ひざ》の上でカーバンクルを遊ばせていたアリスが突然立ち上がると、両手で抱《だ》き上げたカーバンクルを掲《かか》げた。

「きめた！　この子のお名前はキャロルにする！」

「キュキュ！」

どうやら今日一日ずっと考えていたようだ。

「良い名前ですね」

「この子も気に入っているみたい」

ミーシャとルノアがくすぐったそうに身を捩《よじ》るカーバンクルを見てそう感想を述べる。

「では明日にでも従魔としてギルドに登録しておきましょう」

「よろしくね。ミレイ」

帝都内で魔物を飼育する場合は冒険者《ぼうけんしゃ》ギルドへの届出が必要だ。その際、従魔の名前が必要になるので早めに決まってよかった。

「さあ、アリス。そろそろお風呂《ふろ》に入って来なさい」

「は～い」

「ああ、ちょっと待って。今日はキャロルは私と残って貰うわ」

「え～、なんで？」

「アリスが魔力をあげられない時の為《ため》にキャロルが食べられる魔石や魔宝石を調べておくのよ。アリスがお風呂に入っている間に終わるから」

「……わかった」

少し残念そうにしながら、ありすはミレイとお風呂に向かった。私が何をするか、ミレイには伝えてあるのでそれなりに時間を調節してくれるだろう。

「では私達もそろそろ部屋に戻《もど》ります」

「おやすみなさい」

「ええ、おやすみ」

ルノアとミーシャが部屋に戻ったので私も準備にかかる。アリスに伝えた事は嘘《うそ》ではないので、そちらもちゃんとやらなければならない。いくつか用意した魔石や魔法石をキャロルの前に並べる。

「キュイ！」

するといくつかの魔宝石に反応した。

「キャロル……あなたグルメなのね。これはあの商人も苦労したでしょう」

キャロルが選んだのはどれも最高品質の魔宝石だった。一つでしばらく持つとは言えかなりの値段になる。あの商人はギリギリまで値を下げてくれていたのだろう。

「さて、ここからが本題よ」

私はキャロルを前に【怠惰の魔導書《グリモア・ベルフエゴール》】を手にしていた。【怠惰の魔導書】は契約《けいやく》した魔物や精霊《せいれい》を召喚《しょうかん》し使役《しえき》する神器だ。この力を使ってキャロルと契約を結んでおこうと思ったのだ。本来、私が契約している物達は【怠惰の魔導書】を触媒《しょくばい》に召喚して契約しており、この様な契約方法は初めてなのだが、できなくはないはずだ。

「さて、始めましょうか」

魔力を込《こ》めたインクで描いた魔法陣《まほうじん》の中心にキャロルをそっと置き、魔力を流す。

「ん？」

魔力が弾《はじ》かれた。やはり私の魔力を受け入れるのを拒否《きょひ》されたか。

「やっぱりこの条件では無理みたいね。それなら……」

私は契約の条件を変えてもう一度魔力を込める。先ほどは私への完全服従と召喚を条件にしたので難しいとは思っていた。今度は私との間に魔力パスを繋げるだけの契約だ。召喚も不可、完全支配も出来ない契約だ。これなら多少魔力の相性《あいしょう》が悪くても通る筈だ。想定通りパスを繋ぐ事に成功した。魔法陣が浮かび上がりキャロルの中に吸《す》い込まれて消える。これで多少はキャロルの能力を底上げできる筈だ。いざとなればアリスを守ってくれるだろう。

「アリスの事をお願いね」

「キュ！」

私はキャロルの頭を撫《な》でてやり、部屋に戻って来たアリスに手渡してあげるのだった。

◇

今日もルノアとミーシャの試合を観戦する為に騎士団の訓練所へと向かっている訳だが、今回は私達の他に同行者がいた。

「あ、エリーさん！　あっちで見た事のない果物を売ってるッスよ！」

「はいはい。買ってらっしゃい。私達の分もね」

「了解《りょうかい》ッス！　アリスちゃん行くッスよ！」

「うん！」

「キュ！」

騒《さわ》がしいティーダに銅貨を渡すと頭にキャロルを乗せたアリスを連れて駆《か》け出して行った。ティーダは如何やら昨日からトーナメントを観戦していたらしい、十中八九目的は賭《か》けだろう。その時に私達がボックス席に居た事に気付き同席させて欲しいと言って来たのだ。まぁ特に断る事でもないので今日こうして共に会場へと向かっている。会場に入るとティーダは早速《さっそく》賭け札を購入していた。この大会の主催者《しゅさいしゃ》であるダルクが元締《もとじ》めを務める物だが、流石に国から経営を買い取った大会で八百長《やおちょう》などの阿漕《あこぎ》な事はしないだろう。

「くふふ、見てくださいエリーさん。これは硬《かた》いッスよ」

ティーダが買ったのは大会の本戦である一対一の試合の賭札だ。書かれている名前は今回の大会での優勝候補筆頭のシスティアだ。

「ガチガチの本命か。ティーダって大勝負では意外と堅実派《けんじつは》よね」

「むぅ。当然じゃないッスか。私は賭けが好きなんじゃなくって賭けに勝つのが好きなんッスよ」

「胸を張って何を言っているのよ」

私は呆《あき》れながら行きしなに購入した飾《かざ》り飴をキャロルを抱《かか》えるアリスの口に持って行った。

◆

タッグトーナメントの出場者控室《ひかえしつ》でルノアは大変に緊張していた。今までの相手は新人傭兵《ようへい》や自分達と同年代の少女だ。しかし次の相手は違《ちが》う。次の対戦相手は《鋭き切先》のマルティとネッドと言う名のドラゴニュートの青年だ。二人ともCランクの冒険者。明らかな格上である。

「大丈夫《だいじょうぶ》ですか、ルノア様」

「う、うん。ミーシャちゃんは緊張しないの？」

「しないと言えば嘘になりますが、元々優勝できるとは思っていませんでしたし、本戦トーナメントに出場出来ただけでも十分な成果だと思います。後はこの戦いの中でどれだけの物をつかみ取れるかだと思います」

「そっか……そうだね。やれるだけやってみよう！」

ルノアは愛用の長杖《ちょうじょう》を手に取り三角帽子《ぼうし》を被《かぶ》る。トーナメントのスタッフから声が掛かりルノアとミーシャは控え室《しつ》を出てリングへと進む。歓声《かんせい》に包まれながらリングに上がると、反対側から対戦相手の二人が姿を表す。アナウンスが軽快《けいかい》な喋《しゃべ》りで出場選手を紹介する中、ルノアとミーシャはリング上で対峙《たいじ》している二人を観察する。エルザがリーダーを務めるAランクパーティ《鋭き切先》のスカウトを務めるマルティは短弓《たんきゅう》を片手に自然体で立っている。パートナーのネッドはドラゴニュートでルノア達は直接関わった事はないが、これまでの試合で見せた戦闘《せんとう》スタイルは素手《すで》による格闘《かくとう》である。

「強いね」

「はい。二人とも明らかに私達より格上です」

小声で短く言葉を交《か》わす。するとアナウンスが選手の紹介を終え、審判《しんぱん》が試合の開始を宣言する。それと同時にミーシャが前に出て短剣《たんけん》を構え、ルノアは風属性の付与《ふよ》魔法を詠《えい》唱《しょう》する。これまでの試合でも使った戦法だ。当然、マルティとネッドも対戦相手であるルノアとミーシャのこれまでの試合を見ている。マルティがルノアを狙《ねら》い短弓を引き絞《しぼ》り矢を放った。

「ルノア様！」

ミーシャがルノアに届く前に矢を打ち払《はら》うが、その僅《わず》かな隙《すき》にネッドはミーシャの目の前に居た。

「しゅ、縮地！」

【縮地《クイック・ムーブ》】は数メートルの距離を一瞬《いっしゅん》で詰《つ》める事ができるエリーもよく使っているスキルの一つだ。

「くっ！【剛閃】」

「【流転】」

ミーシャは咄嗟《とっさ》にスキルを使って強化した斬撃《ざんげき》を放つが、直撃《ちょくげき》の瞬間《しゅんかん》にネッドのスキルによってその姿が掻《か》き消え、ルノアの前に移動していた。

「ルノ……っ！」

ルノアをフォローする為にミーシャは踵《きびす》を返そうとしたが、ナイフを突《つ》き出したマルティがそれをさせなかった。威力《いりょく》を抑えて速度を上げた突きはミーシャをその場に釘付《くぎづ》けにする。ルノアはミーシャのフォローが望めないと見るや否《いな》や詠唱途中《えいしょうとちゅう》だった風属性付与魔法を破棄して別の魔法を無詠唱で発動する。

「【爆風《バースト・エア》】」

ルノアを中心に突風《とっぷう》が吹《ふ》き、拳《こぶし》を繰《く》り出そうとしていたネッドの体を押《お》し戻す。しかし、吹き飛ばすまでには至らない。ネッドは右足を強く踏《ふ》み込みリングの石畳《いしだたみ》を踏み砕《くだ》く。砕けたリングに足を掛《か》けたネッドは身を翻《ひるがえ》し、ルノアの魔法を物ともせずに回し蹴《げ》りを打ちだした。

「きゃっ」

長杖で受け止めたルノアだったが、その衝撃《しょうげき》でリングの端《はし》まで蹴《け》り飛ばされてしまう。普《ふ》段《だん》の訓練の成果か、受け身をとり素早《すばや》く構えを取る事ができた。しかし、ミーシャとの距離を離《はな》されてしまった。ミーシャの方もマルティの連撃《れんげき》から抜《ぬ》け出せていない。ネッドと一対一の状況になってしまったルノアは長杖に風を纏《まと》わせて上段に構えた。

◇

観覧席から見下ろすリングの上でルノアとミーシャは相手のマルティとドラゴニュートの青年によって分断されていた。

「上手いわね」

「そうッスね。初手でダメージを与《あた》えるのではなくルノアちゃんとミーシャちゃんを分断する様に動いているッス」

「今までの試合でルノアとミーシャはお互《たが》いにフォローする事で格上の相手にも互角《ごかく》以上に渡《わた》り合っていました。それを封《ふう》じられれば個人の技量では相手の二人には届かないでしょう」

ティーダとミレイも私と同じ感想を持ったようだ。あの二人なら連携《れんけい》したルノアとミーシャを相手にしても負ける事はない様に思えるが、それでもより勝率の高い戦術を採用するところをみると油断も一切《いっさい》ないようだ。

「あら、ルノアのあの技はまだ教えていないはずだけど?」

分断されたルノアがドラゴニュートの武術家を相手に長杖を上段に構えている。それだけではなく長杖に風の魔力を纏わせていた。あれは武器を魔力で強化するスキルの応用で強化に使った魔力に属性を加える高等技術だ。

「いつの間に……」

「おそらく冒険者にでも教わったのでしょうね」

身体強化系の魔法やスキルを使う冒険者は多い。知り合った冒険者に教えて貰《もら》ったのかも知れない。

「でもまだまだ粗《あら》いッスね。長続きはしないッスよ」

確かにルノアの長杖に纏わされた風の魔力は安定していない。あれでは魔力の消耗《しょうもう》が激しすぎる。案の定ドラゴニュートの拳を何度か弾《はじ》き返す事に成功していたが、拳に魔力を込めるスキルを使った一撃《いちげき》に風の魔力を散らされ、掌打《しょうだ》を受けてリングの外まで飛ばされてしまった。

「ルノアの負けね。ミーシャの方は……」

マルティのナイフによる攻撃《こうげき》を受けるので精一杯《せいいっぱい》だったミーシャも次第《しだい》にリングの端に追い詰められてしまい、ルノアを場外にしたドラゴニュートが前線に加わる事で勝負が決まった。奮戦したこれまでの試合に比べ、あっさりとルノアとミーシャの挑戦《ちょうせん》は終わってしまった。

「なかなか善戦したわね」

「はい。くじ運も良かったのでしょうが、二人の実力でここまで勝ち残ったのは驚《おどろ》きです」

「試合開始と同時に二人を分断し、より個人戦闘能力が高いミーシャを牽制《けんせい》して足止め。ルノアには魔法を使わせず、想定外であろう長杖への属性付与《ふよ》にも冷静に対応し、その後二人がかりで着実にミーシャを倒《たお》した。ルノア達《たち》を格下と侮《あなど》らず全力で対策してきた証拠《しょうこ》ね」

今の試合は随分《ずいぶん》と簡単に負けた様に見えるが、対戦相手の二人は事前にルノア達の情報を集めた上で戦略を練っていた。対してルノアとミーシャはというと、相手の情報を集めなかった訳ではないだろうが、その相手の戦い方に合わせて対策を練れるだけの力がなかったのだ。その為、最も習熟している戦法を選択《せんたく》する事になったわけだ。

「まぁ、相手はベテランであるCランク冒険者ッス。十分な戦果ッスよ」

「そうね」

私達は試合を終えたルノア達と合流する為、少しの間此処で時間を潰《つぶ》す事になる。

「そう言えば、この武術大会のメインである一対一の試合で今話題の選手って知ってるッスか？」

「話題の選手？」

一対一の方はあまり情報を集めてはいなかった。確か、芝居《しばい》のモデルとしても人気のあるAランク冒険者《泥《どろ》のシスティア》が出場していると小耳に挟《はさ》んだくらいだ。

「なんでもハルドリア王国の出身の女性で全試合ノーダメージで決勝行きを決めたそうッスよ」

「へぇ。冒険者かしら？」

「どうッスかね？　仮面で顔を隠《かく》しているらしいですし立ち居振《ふ》る舞《ま》いからかなり良い育

ちっぽいのでどっかの貴族様じゃないっかって噂《うわさ》もあるッスよ」

「ハルドリアの貴族ねぇ」

私はティーダに曖昧な言葉を返す。心当たりがない訳ではないけれど……流石《さすが》に彼女《かのじょ》がこんな大会に参加しているとは思えない。

「そろそろ治療《ちりょう》も終わってる頃《ころ》でしょう。ルノアとミーシャを迎《むか》えに行きましょう」

私はミレイとティーダに声を掛けて席を立った。


「二人とも良く戦ったわね」

「はい」

「ありがとうございます」

二人とも思ったより敗北にショックを受けてはいないようね。アリスに手を引かれる二人の様子を観察してみるが、特に普段と変わったところは見られない。初めから勝てないとわかっていて戦ったからだろうか？　気になって尋ねると二人はお互いの顔を見合わせてから答えた。

「それも有りますが、試合後にこの敗北を糧《かて》に更《さら》に修練を積もうと二人で話し合ったんです」

「私達はきっとまだ強くなれますから」

「そう」

ルノアとミーシャは二人とも思《おも》い詰めるタイプだと思っていたのだが、どうやら一緒《いっしょ》にいる事で前向きな思考になるようだ。

「そう言えば、最後にルノアが使った技は冒険者から教わったのかしら？」

「あ、はい。ギルドの訓練所で知り合った上級冒険者の方が教えてくれました。まだ全然使いこなせていないんですけど」

「あの技はルノアに合っているわ。今後も修練を積めばそれなりの物になるでしょうね」

「そうなのですか⁉」

「ええ、ルノアには身体強化系の魔法が合っている筈《はず》よ」

「身体強化系……少し意外です。私はあまり体を動かすのは得意じゃないので」

不思議そうなルノアに少し説明をする。

「ルノアの固有魔法【物品鑑定《アイテム・アナライズ》】は身体強化系に分類される魔法よ」

「え⁉」

「【物品鑑定】は五感を強化して得た情報を頭の中の知識と結びつける魔法なの。この頭の中の知識と結びつける部分が個人の才能に大きく左右されるから固有魔法とされているけど、本質としては身体強化の一種よ。だからルノアには身体強化系、とりわけ感覚強化が向いているでしょうね」

「感覚強化……」

「ミーシャの方は順当に強くなっているわ」

「本当ですか⁉」

「種族的に柔軟《じゅうなん》で瞬発力《しゅんぱつりょく》のある筋肉と身の軽さが有るから今のまま訓練を続けて行けば近いうちにそれなりの強さにはなるわ。でも貴女の本分は従者である事を忘れないでね」

「はい！　勿論です」

「まぁ、二人とも、まだ成長期なんだから、焦《あせ》らずゆっくりと自分の才能を伸《の》ばしなさい」

「はい！」

　私達の会話が終わるのを待っていたのか、ティーダが近くの屋台で買ったイカの干物《ひもの》を齧《かじ》りながら尋ねる。

「エリーさん達はこの後はどうされるんッスか？」

「そうね……屋敷に帰るにはまだ少し早いし、何処《どこ》かで食事でもして行こうかしら？」

「なら一緒に東の広場に行かないッスか？　北大陸から来た商人達が屋台を出しているらしいッスよ」

「北大陸の商人ですか。確かに北大陸の料理は珍《めずら》しいですね」

「ではみんなでいきましょうか」

タッグトーナメントが行われていた騎士団の訓練場から帝都《ていと》の中央道りに出てから東に向かって歩いてゆく。普段は落ち着いているこの辺りも今は多くの露店《ろてん》が並んでいる。

「あ、あれ何？」

アリスが指差したのは露天商が敷物《しきもの》に並べた様々な小動物を模《かたど》った木製の人形だ。

「確か西大陸の産物だったかしら？」

「そうッスね。守護獣《じゅう》人形ッス。主に西大陸の文化ッスけれど、イブリス教において聖女を守護するとされる十三の守護獣を模したお守りッス」

「沢山《たくさん》種類があるんですね？」

「それぞれの守護獣に意味があるんッスよ。亀《かめ》が長寿《ちょうじゅ》、獅子《しし》が勝利、猫《ねこ》が商売繁盛《はんじょう》、鳥が豊穣《ほうじょう》といった具合ッスね」

「そうなのね。知らなかったわ」

「中央大陸ではあまり知られていないみたいッスからね」

ティーダから各守護獣の意味を説明して貰った私達は、それぞれ守護獣を選び購入した。

私は猫、ミレイとミーシャは幸運を意味する兎《うさぎ》、ルノアは知識を意味する狼《おおかみ》、アリスが迷わず選んだカーバンクルは純真を意味するらしい。

「ティーダは買わなくて良かったの？」

「私は良いんッスよぉ。あれ……修道院時代に嫌《いや》ってほど作らされたッスからね……」

何処か虚《うつ》ろな目をしたティーダに少し引きながら私達は東の広場に足を踏み入れた。噴《ふん》水《すい》や時《と》計《けい》塔《とう》の有る中央広場に比べるとそこまで大きくない東の広場は多くの植物が植えられ小川などが整備されている。祝祭期間中は食べ物に限らず多くの屋台が立ち並んでいる。同系統の屋台は一ヶ所に集まっており、食べ物の屋台が集まる一角からはあまり嗅《か》ぎ慣れないが食欲をそそる香りが漂《ただよ》っていた。

「見た事の無い食べ物が多いですね」

「北大陸は寒いから暖かい汁物《しるもの》や生姜《しょうが》や香辛料《こうしんりょう》が効いた食べ物が多いと聞きます」

「獣王連合国もスパイシーな食べ物が多かったですけど、こちらの食べ物は少し雰囲気《ふんいき》が違いますね」

「とりあえず適当に買ってみましょう」

私達は手分けして幾《いく》つかの食べ物を購入して回った。私とアリスが見つけたのは植物の葉に包まれたモチモチした食べ物だ。主に北大陸の東部で主食として食べられている物で、南大陸の餅《もち》に少し似ている。

「ロロの実っていう果実を粉末にして香辛料と一緒に水で練って蒸《む》し焼きにした物らしいわ」

食べてみると主食だけあってお腹《なか》に溜《た》まりそうだ。香辛料が効いていてなかなか美味《おい》しい。少し喉《のど》が乾《かわ》くのでルノアとミーシャが買ってきたジュースを口にする。

「うわ！　パチパチするよ！」

「炭酸水を使っているのね。それにこの風味は生姜かしら？」

「はい。炭酸水？　って物に生姜の汁《しる》と果実の搾《しぼ》り汁《じる》を混ぜた物だと聞きました」

「生姜湯の様な物たと思ったのですが……なかなか刺激的《しげきてき》ですね」

「炭酸水とは火山地帯などで採取される物で主に錬金術《れんきんじゅつ》の触媒として使われる物ですね。北大陸では飲用に用いられる事も多いそうです。飲み慣れると爽《さわ》やかで悪くないですよ」

ルノアとミーシャは少し苦手だったみたいだが、ミレイとティーダは普通《ふつう》に飲んでいる。そして意外にもアリスは炭酸が気に入った様だ。ちなみに私は少し苦手である。

「私は無難な物を選びました」

ミレイが差し出したのは串焼《くしや》きだ。鳥肉と寒冷ネギが交互《こうご》に串《くし》に刺されており、甘辛《あまから》いタレがかけられている。

「私は火酒蒸しが良いって言ったんすけどね」

ティーダが言っているのはアルコール度数の高い蒸留酒を使った蒸し料理だ。安価な庶《しょ》民《みん》料理から格式高い宮廷《きゅうてい》料理まで多くの種類がある北大陸の代表的な料理だが、酒が苦手な人間には少々食べずらいらしい。

「まぁ、この串焼きも肴《さかな》としてはかなり当たりッスね」

いつの間に買ったのか小さな酒瓶《さかびん》を手にしていたティーダは串焼きを食べながらちびちびと飲み始めていた。

「こんなところでベロベロにならないでよ」

「これくらいなら大丈夫ッスよ」

ティーダは機嫌《きげん》良さげに酒瓶を揺《ゆ》らした。


食事を終えた私達は広場に並ぶ屋台を適当に見て回っていた。定番の木彫《きぼ》り人形からよくわからない道具、中には北大陸の書物を取り扱《あつか》っている店もあり、いくつか購入した。

「しかし、こんな屋台で魔導学の専門書や錬金術の学術書を売るなんてどんな経営戦略なのかしら？　どう考えても売れる訳ないと思うのだけれど」

本はとても高価な物だ。特に専門書の類いは安くても銀貨数十枚はする。私が買った本も一冊金貨三枚だった。屋台で売る物の値段ではない。

「本専門って訳じゃないみたいですし、とにかく珍しい物をかき集めたのでは？」

「そんなところかしらね？」

「でもエリーさんが買ったんッスから、結果的にあの屋台の商売は上手《うま》くいったって事じゃないッスか」

「むぅ……そう言われると反論はできないわね」

私とティーダがそんなことを話している間に子供達は一つの屋台の前に並んでいた。覗《のぞ》いてみると何やら奇妙《きみよう》な物を売っている。

「あれ何ッスかね？」

「さぁ、見た事ないわね」

広場に出店している屋台は帝国《ていこく》商業ギルドが正式に認可《にんか》した物なので危険な物ではないだろう。屋台で売っているのは色とりどりの浮遊《ふゆう》するスライムの様な物だ。

「これは何かしら？」

「これは最近北大陸の子供達の間で人気のスライムバルーンですぜ」

「スライムバルーン？　魔法で浮《う》いている訳ではないのよね？」

錬金術によって造られたマジックアイテムかとも思ったが魔力《まりよく》は一切感じない。

「こいつはヘリウムで浮かんでいるんだ」

「ヘリウムッスか？　聞いたことないッスね。錬金術で作るんッスかね？」

「いやいや、こいつは化学の産物さ」

「化学？」

「確か魔力を使わない学問の一つよね。北大陸では魔法学並みに研究されていると聞くわ」

「ええ。オイラも学者先生ではないので詳《くわ》しくは説明できやしないが、このヘリウムをスライム製の薄革袋《うすかわぶくろ》に入れると数日は宙に浮くって代物《しろもの》さ。北大陸の研究所ではこいつの馬鹿デカイヤツに人を乗せて空を飛ぼうって考えてる研究者も居るらしいぜ」

「え、これで空を飛ぶんッスか？　私は乗りたくないッスね」

ティーダは顔を顰《しか》める。私も同意見だ。翼《つばさ》も無い空飛ぶスライムに乗るのはちょっと遠慮《えんりょ》したい。

「とりあえず三つ貰うわ。みんな好きな色を選んで」

「わ、やった！」

「わ、私達も良いのですか？」

「ありがとうございます、エリー様」

今まで薬学や錬金術の類いはそれなりに知識を入れていたが、魔法に頼《たよ》らない技術というのも面白《おもしろ》いかもしれない。紐《ひも》で繋《つな》がったスライムバルーンを引き連れて歩く三人はまる

で従魔を連れ歩くテイマーの様だった。

祝祭四日目の今日は武術大会とタッグトーナメントの決勝戦がある。ルノアとミーシャは敗退してしまったが、席は取ってあった事と、二人が希望したので大会の観戦に行く事にした。

『皆様《みなさま》！　お待たせ致《いた》しました！　三日間に渡って多くの選手達が数々の名試合を繰り広げてまいりましたタッグトーナメントもいよいよ大詰《おおづ》め！』

風属性の魔法で会場全体に届けられたアナウンスに観客の歓声が上がる。

『決勝戦が行われる本日、皇室よりオーキスト皇太子殿下《でんか》が観戦しておられます！』

アナウンスの言葉にボックス席の中心に設けられた特別席からオーキストが少し前に出て軽く手を振《ふ》った。

『オーキスト皇太子殿下、ありがとうございました。それではこれよりタッグトーナメント決勝戦を開始致します！』

「始まりますよ！」

「マルティ様は勝てますかね？」

ルノアとミーシャが入場した選手に視線を向ける。決勝のカードはルノアとミーシャを倒したマルティとネッド、もう一方は同じ傭兵団に所属する男二人のペアだ。四人と審判がオーキストが居るボックス席に一礼して位置に着き、開始の声が上がった。

四人は同時に動くが、その行動はそれぞれ違った。マルティは姿勢を低くして真《ま》っ直《す》ぐに距離《きょり》を詰め、ネッドはその肉体に魔力を纏いながら右から大きく回り込む。大盾《おおだて》持ちの傭兵の男ランズはその場で重心を落とし、双剣《そうけん》の傭兵カインが剣《けん》を逆手に持ちマルティを迎え撃《う》つ。ネッドの拳や蹴りを巧《たく》みに大盾で防ぎ、マルティのナイフを双剣で丁寧《ていねい》にいなす。

「あの傭兵の二人、強いわね」

「はい。常にお互いの死角をカバーしていて、いざという時にフォローできる立ち位置と距離をキープしています」

「マルティさんとネッドさんの誘《さそ》いにも乗りませんね」

随分とペアでの戦いに慣れているように見える。その後もマルティ達は善戦したが傭兵の二人の優勝で試合は終わった。そして次に行われるのが一対一の決勝戦だ。やはり今回から始まったタッグトーナメント以上の盛り上がりを感じる。

『それでは入場していただきましょう！　本大会優勝候補筆頭、Aランク冒険者《ぼうけんしゃ》システィア！』

大きな歓声に包まれて姿を現したのは鳶色《とびいろ》の髪《かみ》を背中で纏めた女だ。

「ルノア様《泥のシスティア》ですよ！」

「本物だよ！」

以前にシスティアを主人公とした冒険劇を観に行ったらしい二人とメイドからシスティアの冒険譚《たん》を読み聞かせられているアリスは大興奮だ。

『対するは正体不明のダークホース！　華麗《かれい》なる仮面の鞭《むち》使いローゼ！』

「ごほっ⁉」

「ママ⁉」

「エリー会長！」

「大丈夫ですか⁉」

「え、ええ。ごほ、大丈夫よ」

驚きのあまり丁度口にしていたお茶が気管の方に入ってしまった。

「エリー様。こちらを」

ミレイが差し出したタオルを受け取り口元を拭《ぬぐ》う。咽《む》せる私の背中をさすりながらミレイが私の耳元に口を寄せる。

「ロゼリア様ですよね？」

「ええ。間違《まちが》いないわ」

仮面をつけ冒険者の様な格好をしてはいるが、流石に見間違《みまちが》えはしない。

「なぜロゼリア様がこの大会に参加をしているのでしょうか？」

「わからないわ。彼女はこんな見せ物になる様な事は好まないはずだけど……」

再びリングに目を向けると仮面の奥《おく》のロゼリアと目があった。私をじっと見つめたロゼリアだったがすぐに目を離して対戦相手のシスティアに視線を向ける。審判の試合開始の合図と共にシスティアが動く。水属性と土属性の複合属性を持つシスティアが得意としているのは【泥人形《マッド・ドール》】を作り出して操《あやつ》る魔法である。ゴーレム系の魔法を得意とする魔導師を相手にするセオリーはゴーレムを生成する前に速攻《そっこう》を仕掛《しか》ける事だ。当然ロゼリアもそれを承知しているはずだが、彼女はシスティアの周りに三体の【泥人形】が現れるまで静観していた。

「余裕《よゆう》だな」

そのロゼリアの態度に少し不機嫌《ふきげん》そうにしながら【泥人形】をロゼリアに向かわせる。二メートル程《ほど》の大きさの人の形をした泥の塊《かたまり》が拳を振り上げる。三つの拳が同時に振り下ろされる。その瞬間、ロゼリアは腰《こし》の鞭を抜き放ち手元でコンパクトに振るう。音速を超《こ》える速度で走る鞭の先端《せんたん》がゴーレムの核《かく》となっている魔力の塊を破壊《はかい》した。しかし、システィアもその程度の事は織り込み済みだった様で、三体のゴーレムで牽制している間に更に強力な【泥人形】を作り出していた。二体の人間を上回る大きさの狼の様な獣型のゴーレムだ。

「【炎鞭《ファイア・ウィップ》】」

ロゼリアの鞭を炎《ほのお》が包む。炎で鞭を作り出す魔法だが、実在する鞭を覆《おお》うように魔法を展開する事で威力を上げているのだろう。振るわれる鞭の速度は本来の【炎鞭】の速度を遥《はる》かに上回り泥の狼を一瞬の内に打ち据《す》えて一体を崩壊《ほうかい》させた。もう一体の泥の狼がロゼリアの背後から大きく牙《きば》を剥《む》く。

「ふっ！」

その泥の狼の横面《よこつら》を蹴りつけ、ロゼリアは空中で身を翻して鞭をしならせる。

「おっと！」

システィアは上体を逸《そ》らして鞭を回避《かいひ》しながら右手をロゼリアに向ける。

「【泥弾《マッド・バレット》】」

打ち出された泥の塊を跳《と》んで回避したロゼリアだったが、泥弾が着弾《ちゃくだん》した場所から蛇《へび》型のゴーレムが身を伸ばしてロゼリアの足を搦め取った。

「捕《と》らえた！　【泥の巨腕《ゴライアス》】」

システィアの足下《あしもと》から巨大《きょだい》な泥の腕《うで》が出現して大きく振りかぶる。彼女の劇や冒険譚でも最後の一撃によく使われる彼女の大技だ。しかし、仮面で表情は覗《うかが》えないがロゼリアからは余裕を感じられる。

「【火炎陣《フレイム・サークル》】」

ロゼリアの足下に炎が走り魔法陣を形作ると、巨大な火柱が上がり泥の蛇に絡まれたロゼリアの体を包み込む。

「何⁉　自分ごと」

ロゼリアは自身の炎に対する耐性《たいせい》を上げていたのだろう。炎の中から無傷で姿を表す。泥の蛇は水分を飛ばされて土塊《つちくれ》となって崩《くず》れ去った。ロゼリアはすかさず炎を纏った鞭を地面に叩《たた》きつけた。

「【地を這う炎蛇《アイトワラス》】」

地面の中を炎が進み足下のリングを溶《と》かし割りシスティアを襲《おそ》う。

「【泥球《マッド・ボール》】」

咄嗟に自身の体を泥で包んだシスティアを更に炎が包み込んだ。ロゼリアは既《すで》に勝負がついたと言わんばかりに背を向けて控室に向かって歩き出した。土塊となって崩れた泥の中から現れたシスティアが倒れ込む。どうやら炎には耐《た》えた様だが酸欠で気絶したらしい。

審判が勝負の決着を宣言した。

「まさか彼女が出場しているとは……」

「エリー様」

「ええ、早めにこの場を離れましょう」

表彰式《ひょうしょうしき》を待たずに席を立った私達は、そうそうに試合会場を出る。その際、賭札の販売《はんばい》所《しょ》の近くで泣き崩れるティーダを見かけたが、アリスの教育に悪そうだったので、そっとしておく事にして声を掛けるのはやめておいた。

◇

夜、自室でベッドに入る前に一杯《いっぱい》だけワインを飲もうとグラスを手にした時だった。窓の外の光が目に入ったのだ。

「っ⁉」

咄嗟に窓から飛び退《さ》がったが、その小さな光は窓の外をゆらゆらと漂うだけで特に危険な気配は感じない。警戒しながら窓を開けると光の正体がわかった。手の平に収まるくらいの小さな炎の鳥だ。

「生物じゃないわね。この魔力《まりょく》は……」

魔法で造られた炎の鳥は私の部屋の窓枠《まどわく》に止まり顔をこちらに向けていた。その魔力に覚えがあった私はコートを羽織り窓から飛び降りた。地面に降りた私の頭上を数回旋回《せんかい》した炎の鳥がゆっくりと移動を始めたのでその後を着いて歩く。十分ほど歩き辿《たど》り付いたのは帝都の中央エリアに有る大きな公園だ。普段は多くの人で賑《にぎ》わっている公園だが、深夜と言って良い時間である為《ため》か人影《ひとかげ》は無い。故に隠すつもりのない彼女の気配はすぐにわかった。

「久しぶりね。エリザベート」

「ロゼリア」

暗がりから姿を表したロゼリアが私に声をかける。その腕には先程《さきほど》の炎の鳥が止まっており、ロゼリアが腕を一振《ひとふ》りすると魔力の残滓《ざんし》を残して消え去った。

「こんな時間にお誘い頂くなんて一体何の用かしら?」

「言わなくても分かるのではなくて?」

ロゼリアは疲《つか》れた顔をしてベンチに座《すわ》る。

「そう言えば優勝おめでとう。有名なAランク冒険者を圧倒《あっとう》するなんてすごいじゃない」

「貴女《あなた》、そんな嫌味《いやみ》も言える様になったのですわね。分かっているでしょう。あれは相性《あいしょう》が良かっただけですわ。彼女の能力は多勢対一で真価を発揮する物、それもどちらかと言うとサポート系の魔導師ですわ。攻撃特化の中衛魔導師であるわたくしが勝って当然です」

軽口にもしっかりと答える相変わらず真面目なロゼリアに、私もそうそうに本題を切り出す事にした。

「エイワスお兄様と同じ用件なら無駄《むだ》よ。私は譲《ゆず》る気は無いわ」

人一人分のスペースを開けてロゼリアの隣《となり》に腰を下ろした。思えば彼女とは長い付き合いだ。共に机を囲んだ事も無くはないし、同じ時を過ごした事もある。しかし、こうして同じ方向を見て並んだ事は無かった気がする。

「貴女の気持ちは分かるとは言わないけれど理解は出来るわ。あの馬鹿王子は別として、今までその身と時間をなげうって人生を犠牲《ぎせい》にして尽《つ》くしてきた筈なのに王は貴女に手を差し伸べるつもりはなく、王族への忠義の為に父親に切り捨てられ、民は恩を忘れ小さな噂一つで貴女に石を投げる。わたくしでも国を見限るでしょう」

「ではお話は終わりね」

「お待ちなさい」

立ち上がり掛けた私をロゼリアが制した。

「理解した上で言わせて頂きますわ。これ以上無関係な王国の民を犠牲にするのはお止《や》めなさい」

「私はもう王国の民に気を掛けるのを止めたのよ。民を狙って仕掛けるつもりはないけれど巻き込《こ》む事に躊躇《ちゅうちょ》はないし、必要であれば利用する。それだけよ。別に王国の民を一人残らず殺したりするつもりはないわ」

「本気で言ってますの？　自分の目的の為ならどれ程の民が犠牲になっても構わない。それは貴女が嫌っていた身勝手な貴族と同じ考えですわ」

「それがどうかしたの？　相手は《雷神《らいじん》》ブラート、正攻法《せいこうほう》では倒せない。なら先に国を潰そうと考えるのは戦略として正しいわ」

「ならアデル殿下の陣営《じんえい》に加わればいいじゃないですの！　アデル殿下はブラート陛下やフリード殿下を廃《はい》して王位を獲《と》るとおっしゃいましたわ。貴女が手を貸せばそれも容易になりますわ。現在の貴女の不名誉《ふめいよ》はアデル殿下が必ず取り払ってくれます」

「ありがたい話だとは思うわ」

「なら！」

「それでも私はもうあの国に戻《もど》りたいとは思えないのよ」

「ではせめて民に犠牲を出さないと約束して下さらない？」

「それは出来ないと言っているでしょう」

「今ここで立ち止まらないといずれ貴女自身が苦しむ事になりますわよ？」

「…………」

「貴女は今まで民に寄り添《そ》っていたでしょう。その民を裏切っているのですわよ？」

「……先に裏切ったのは民の方よ」

「裏切られたから裏切ると言うの？　それは弱者の理屈《りくつ》ですわ。弱き者は自らとその周囲の者を守る事が精一杯。それ故に敵対した者を許す余裕など無い。でも貴女は如何《どう》なのか、貴女は弱者？　違《ちが》いますわ。貴女は強い。弱者の裏切りなんて鼻で笑えるくらい、生まれも能力も誰《だれ》よりも強かった。その貴女が弱者の振りをすると？　強者としての責任を投げ出した事は構いませんが、強者の癖《くせ》に弱者の振りをするのは如何《いかが》なものかしら？」

ロゼリアの言葉はかつてアデルの母である第二妃《ひ》ギョクリョウ妃が説いた強者としての在り方を引用した物だ。

「貴女、身寄りない少女を養女として引き取っているそうね。確かアリスと言ったかしら？　可愛《かわい》い？」

「ええ。もちろん」

「アリスが死んだら貴女はどう思うかしら？」

「脅《おど》しのつもり？」

殺気混じりの魔力を放つがロゼリアは動じない。

「まさか。そんな事はしませんわ」

馬鹿な事をとでも言いたいのかロゼリアは首を左右に振る。

「十七人」

「十七人？」

「ええ。ロベルト・アーティが王都で暴れた際に死んだ子供の数ですわ。あれ、貴女が裏で糸を引いていたのでしょう？　ロックイート男爵《だんしやく》領の内乱で死んだ子供は八十六名。孤《こ》児《じ》となった子供の数はその倍。これが必要な犠牲だったとでも言うのかしら？　そう言うならそれは人の命を数字としか見ていない貴女のお父上と同じではないの？」

「私は！」

立ち上がりロゼリアを睨《にら》み付けるがその後の言葉が出てこなかった。それは意図して目を背《そむ》けていた真実だったからだ。当時は何とも思わなかった。私を裏切った民など一切気にする必要はないと思っていた。しかし、アリスと暮らす様になってからその気持ちが揺らいでいたのだ。報復を止めるつもりは無いが、その為に子供や罪のない者を犠牲にして良いのかと。

「ご自分でもわかっているのでしょう。でも今更《いまさら》その考えを曲げられない。曲げてしまえば犠牲にして来た者の死が無意味な物になる。ならば報復を完遂《かんすい》した後、自らの命を以《もっ》て償《つぐな》う。貴女の事だからそんな事でも考えているのでしょう？」

「………………」

ロゼリアが手を振り座れと促《うなが》すので私はもう一度ベンチに座り直す。

「貴女は悪に成るには優《やさ》しすぎるのですわ。貴女なら適当な言葉でわたくしの都合の悪い話を否定する事だって出来るのに黙《だま》り込んで答えられなくなるのもその証拠ですわ」

ロゼリアは呆《あき》れた様にため息を吐《つ》く。

「本当に不器用な人」

◆

ロゼリアが呼び出しに従い王宮に向かうと、案内された部屋で良く見知った顔がいつもと変わらぬ様子で供された紅茶を口にしていた。

「ごきげんよう。ロゼリア様」

「……ごきげんよう」

お手本の様な微笑《ほほえ》みを浮かべて軽く会釈《えしゃく》をするエリザベート。ロゼリアは常に作られた完璧《かんぺき》な笑《え》みを貼《は》り付けた様なこの顔が嫌いだった。分かってはいる。貴族としてはエリザベートの方が正しいし、ロゼリアだって必要で有れば同じ様な対応が出来る様に教育されている。しかし、エリザベートはその笑み以外を持っていない。王国の為、王家の為に作られた自分の意思を持たない人形。それがロゼリアから見たエリザベートと言う人間だった。ロゼリアは違う。自らの意思でこの国の淑女《しゅくじょ》の頂点に立つ決意をして、その為に努力して来た。家の命じたままに生きるエリザベートとは違う。それなのにエリザベートを超えることが出来ない。その事実がまたロゼリアのプライドを傷つけていた。

「エリザベート様は王都を離《はな》れられていたとお聞きしておりましたわ」

「昨日王都に戻って参りました」

「確かランポーサ砦《とりで》に行かれていたとか」

「はい。皆様のご協力により何とか窮地《きゅうち》を凌《しの》ぐ事が出来ました」

ランポーサ砦は王国にある強力な魔物《まもの》が多く生息する森を監視《かんし》する砦の一つだ。普段《ふだん》は森から現れる魔物を押《お》しとどめているのだが、先日、突然《とつぜん》大量の魔物が森から現れたのだ、その苛烈《かれつ》な侵攻《しんこう》で崩壊し掛《か》かった前線を指揮し立て直したのがエリザベートだった。

「ロゼリア様にも感謝を。兵站《へいたん》や武具、医薬品を追加手配して頂き、大変助かりました」

「貴女の為ではありませんわ。全ては国の為です。それで、魔物は如何なりましたの？」

「私が何とか時間を稼《かせ》いでいる間にブラート陛下が前線に入られたのです」

「そう言う事ですか」

「はい。陛下が前線に出た事で約一万五千の魔物の軍勢は半日で九割が討伐《とうばつ》され壊走致《かいそういた》しました」

「たった一人で戦況《せんきょう》をひっくり返すとは、流石は陛下ですわね。もういっそ帝国も陛下お一人で落とせるのでは？」

「そうはいきませんわ。深く敵陣《てきじん》内に切り込めば帝国騎士団《ていこくきしだん》総長が出て来ますから」

「冗談《じょうだん》ですわよ。せっかく停戦に漕《こ》ぎ着けた戦争を蒸し返すつもりはありませんわ」

エリザベートと共に紅茶を飲みながら些《いささ》か物騒《ぶっそう》な会話で時間を潰す。今回の呼び出しの理由は聞いていないが、王太子妃選定に関係する事は明らかだ。現在の王太子の婚約者《こんやくしゃ》はエリザベート。しかし、その他の候補が居ない訳ではない。生まれた時からの約定とは言え、その素質があるかは分からない。無事成人まで育つかも分からない。故に候補は複数存在し、その筆頭がロゼリアである。

「貴女は今回の呼び出しはどの様な用向きかご存じですの？」

「いいえ。ギョクリョウ妃殿下《ひでんか》からの召喚《しょうかん》であるとしか」

ロゼリアの問いにエリザベートは微笑んで答える。その表情に不安や焦りの色はない。

「相変わらずの余裕ですわね。私など眼中にないのかしら？」

「まさか。貴女にはいつ追い抜《ぬ》かれるかと恐々《きょうきょう》としてますよ」

「……どうだか」


「失礼致します。ギョクリョウ妃殿下がお呼びです」

ロゼリアはエリザベートと共に侍女《じじょ》の後を追う。てっきり王妃《おうひ》の執務室《しつむしつ》か応接室に向かうと思っていたのだが、案内されたのは城の地下にある小裁判室だった。この部屋は貴族が関わる裁判を行う場所だ。国王が直接裁く程の案件では無いが、王族の判決が必要となる裁判がこの場所で行われる。

中に入ると長い艶《あで》やかな黒髪《くろかみ》を結《ゆ》った麗人《れいじん》が最上位の席に座っている。南大陸を支配するレキ帝国の帝室《ていしつ》に連なる生まれの美姫《びき》であり、第一王妃が亡《な》くなっているこの王国において、最も高貴な女性であるギョクヨウ妃は、臣下の礼をとるロゼリアとエリザベートに声を掛ける。

「二人共、楽にせよ」

ギョクリョウ妃はロゼリアとエリザベートを席に座らせると今回の呼び出しの理由を告げた。

「これより裁判を行う。二人には罪人の罪に相応《ふさわ》しい罰《ばつ》を問う。これは王太子妃としての素質を見る物と心せよ」

ロゼリアとエリザベートが頷《うなず》くのを見て、ギョクリョウ妃は扉《とびら》の側《そば》に控《ひか》える兵に声を掛ける。

「罪人を此処《ここ》へ」

「っ⁉」

扉が開き部屋に入って来た罪人の姿にロゼリアは僅《わず》かに動揺《どうよう》を漏《も》らしてしまった。兵士に手枷《てかせ》に繋がれた縄を引かれて現れたのはロゼリアやエリザベートと同じか、少し下くらいだと思われる少女だったのだ。

「罪状を」

ギョクリョウ妃の言葉に、控えていた文官が資料を読み上げる。

「この者、ヘイザード村のアリアはリエンタール子爵《ししやく》家で下女として雇《やと》われていた者であります。アリアは雇《やと》い主《ぬし》であるリエンタール子爵家当主、ドミニク・リエンタール子爵に対しナイフでもって殺害を計りました。ドミニク・リエンタール子爵は負傷、アリアはリエンタール子爵家の私兵に現行犯で拘束《こうそく》されました」

「うむ。アリアよ、直答を許す。リエンタール子爵の殺害を計った理由を述べよ」

ギョクリョウ妃の言葉に兵士が少女の猿轡《さるぐつわ》を外す。

「あ、あいつが……あいつが私の姉を！」

アリアは怒《いか》りに顔を歪《ゆが》ませて涙《なみだ》ながらに動機を話す。涙と嗚咽《おえつ》で聞き辛《づら》かったが、要約するとリエンタール子爵は領地の村々で見目の良い娘《むすめ》を無理やりメイドとして召《め》し上げては弄《もてあそ》んでいたらしい。アリアの姉も婚約者が居たにも拘《かか》わらず誘拐《ゆうかい》同然に連れ去られ、後日遺体となって帰って来たと言う。

「ドミニクの使いは事故で死んだと言ってたけどそんなの嘘《うそ》です！　姉はドミニクに殺されたんだ！　姉の遺体は傷だらけで……うぅ……」

「さて、動機は姉の復讐《ふくしゅう》との事だ。ロゼリア、この者をどの様に裁くのが妥当《だとう》だろうか？」

ギョクリョウ妃の問い掛けにロゼリアの肩《かた》が僅かに跳《は》ねた。リエンタール子爵のやったことは許されない犯罪だ。しかし、彼《かれ》は貴族で姉の復讐を願った少女は平民。その身分の差は大きい。

「わ、私は…………じ、情状を鑑《かんが》み、十年の投獄《とうごく》の後、修道院での生涯《しょうがい》の奉仕《ほうし》が妥当だと考えます」

握《にぎ》る拳《こぶし》が震《ふる》える。自身が口にした事の意味が分かっているからだ。平民が貴族に刃《やいば》を向けた。それも未遂《みすい》とは言え、傷を付けたのだ。ロゼリアが口にした罰で足りるとは思えない。

「そうか。エリザベート、其方《そのほう》はどう考える？」

「はい。平民による貴族に対する殺人未遂。死罪は免《まぬが》れないでしょう。温情として彼女《かのじょ》には家族との離縁《りえん》を認める事を進言致します」

平民が貴族への殺人未遂で死罪となればその家族も連座で死罪となるが、離縁が認められれば家族は罪には問われない。ロゼリアは奥歯《おくば》を噛《か》む。エリザベートは正しい。法に従うならばロゼリアの案は甘《あま》すぎる。

「き、妃殿下！　た、確かに法に照らし合わせればエリザベートの案が妥当でしょう！しかし、彼女の事情を考えれば……」

ロゼリアの言葉はギョクリョウ妃が片手を挙げる事で止められた。

「確かにその者の事情には一考するべきところがある」

「では！」

「だが、証拠《しょうこ》がない」

「っ！」

「アリアと言ったな。リエンタール子爵がその方の姉を殺害した証拠は有るのか？」

「…………ありません」

ギョクリョウ妃は深く息を吐いた。

「判決。アリアは貴族に対する殺人未遂の罪により死罪とする。しかし、家族との面会と離縁を許す。以上だ」

ギョクリョウ妃はそう言い渡《わた》し席を立った。その背中をエリザベートと共に頭を下げて見送る。ロゼリアは泣き崩れるアリアに言葉を掛ける事ができなかった。そんなロゼリアを尻目《しりめ》にエリザベートはアリアの側に寄ると、耳元で何かを囁《ささや》いていた。それを聞いたアリアは目を大きく開けてエリザベートに深く頭を下げて兵士に連れられて部屋を出ていった。


数日後、ロゼリアとエリザベートは再びギョクリョウ妃に王宮へと呼びだされた。アリアの処刑《しょけい》に立ち会う為だ。案内に現れたのもいつもの侍女ではなく牢番《ろうばん》担当の兵士だった。エリザベートと共に連れて行かれたのは城の中に作られた処刑場《しょけいじょう》ではなく、地下牢《ちかろう》の近くに造られた一室。

「……処刑場では有りませんのね」

「彼女の死を見せ物にしないと言うギョクリョウ妃の御慈悲《おじひ》でしょう。今回の処刑は見届け人である私達《たち》と数名の役人だけで執行《しっこう》するようです」

「……そうですか」

しばらくすると兵士に連れられたアリアが部屋に入って来た。アリアが身に着けているのは質素ではあるが清潔な服だ。少しだけだが顔色も良い。服や食事を多少なりとも改善される様にロゼリアが働きかけたからだろう。偽善《ぎぜん》だとはわかっていたが、何もしないなんて事は出来なかった。

執行官《しっこうかん》からアリアに毒杯《どくはい》が差し出される。アリアの罪状は本来なら城下の広場で晒《さら》し者にされながら首を刎《は》ねられる物だ。貴族の処刑に使用される毒杯が用意されたのはギョクリョウ妃の慈悲《じひ》か、それとも自分と同じ様にエリザベートが裏で動いたのか。アリアは毒杯を手に取るとエリザベートに視線を向ける。それに返す様にエリザベートが僅かに頷くと、意を結した様にアリアは毒を呷《あお》った。それから数分後、アリアは眠《ねむ》る様にその短い一生を終えた。遺体を処理する兵士達にくれぐれも粗末《そまつ》に扱わぬ様にと頼《たの》み、エリザベートと共に部屋を出る。

「エリザベート様。貴女はあれで良かったと思ってますの？」

「当然です。理由はどうあれ彼女は法を犯《おか》し、法によって裁かれました」

「でも原因となった貴族は裁かれる事なく今も……」

「ギョクリョウ妃殿下もおっしゃっていたではないですか。証拠がなければ法では裁けません」

「ですが！」

「申し訳ありませんロゼリア様。私はこの後私用が有りますのでこれで失礼させて頂きます」

「エリザベート様！」

ロゼリアの声を聞いてもエリザベートは振り返る事なく立ち去っていった。


アリアの処刑から一週間が経《た》ち、城の役人から彼女が国が管理する王都の墓地に埋葬《まいそう》された事を知ったロゼリアは、夜その墓地へと向かっていた。予備の二番手とは言え、王太子妃候補であるロゼリアが堂々と罪人の墓を参る事は出来ない。その為、信頼《しんらい》出来る使用人にだけ伝えてこの場に来たのだ。既に辺りは暗く、護衛を兼《か》ねる侍女の持つカンテラだけが周囲の闇《やみ》を照らしていた。

「確かこの辺りの筈《はず》ですわ」

役人から聞き出したエリアまで来ると、侍女の持つカンテラ以外の光源を見つけた。

一つの墓の前で同じ様にカンテラが光を放っているのだ。墓の前には三人の人間が居る。フードを深く被《かぶ》った怪《あや》しい者達だ。ロゼリアが顔を向けた瞬間《しゅんかん》、侍女がカンテラを投げ捨てて短剣《たんけん》を抜きロゼリアを背に庇《かば》う。

「お退がり下さいお嬢様《じょうさま》！　血の匂《にお》いです」

「なっ⁉」

驚《おどろ》くロゼリアにフードの一人が声を掛けた。

「ロゼリア様？」

その人物がフードを外す。

「エリザベート様」

顔を現したのはエリザベートだった。彼女が視線で合図を送ると脇《わき》の二人もフードを取る。一人はロゼリアも知っているエリザベートの侍女ミレイ、もう一人は貴族の護衛にしては粗暴《そぼう》そうな男だった。それに合わせてロゼリアも侍女に短剣を仕舞《しま》わせる。

「どうして此方《こちら》に？」

「彼女との約束を果たしに参りましたの」

「約束？」

「ええ」

そう言ってエリザベートは視線を落とした。

「ひっ⁉」

エリザベートの視線を追うと、アリアの墓の前には幾《いく》つかの生首が並べられていたのだ。

そのうちの一人、肥え太った男の顔には見覚えがある。

「リエンタール子爵……」

「私は生前のアリアと約束をしたわ。リエンタール子爵と事件に関わった物達の首を墓の前に持って行くと」

「……で、でも貴女は証拠がなくては罪は裁けないと言いましたわ」

「私は『法では』裁けないと言ったのよ」

「こいつは自領に戻る途中《とちゅう》に不運にも盗賊《とうぞく》に襲われただけ、そういう話さ。嬢《じょう》ちゃん達も今日此処で見た事は忘れるこったな」

「バアル。ファドガル侯爵《こうしゃく》令嬢に対して不敬ですよ。申し訳有りません、連れの無礼をお許し下さい」

「え、ええ」

エリザベートの側に居た男が何でもない事の様に話し、男な不作法を謝罪するミレイ。

そのあまりにも普通《ふつう》の態度に、この様な事態が初めてではない事を察した。

「エリザベート様。貴女は普段から……」

「ん？」

「いえ。何でもありませんわ」

ロゼリアは続く言葉を飲《の》み込んだ。エリザベートは少し不思議そうに小首を傾《かし》げたが特に追及する事はなかった。

「では私達はこれで」

男がリエンタール子爵達の首を革袋《かわぶくろ》に詰《つ》めるとエリザベート達は去っていった。この日、ロゼリアは法と礼儀《れいぎ》の教科書が服を着ていると思っていたエリザベートの裏を知った。報《むく》われない罪人に代わり自らの手を汚《よご》す彼女の覚悟《かくご》を見てしまったのだ。

「…………完敗だとは思わないですわよ。それに」

カンテラの光が照らし出す墓の前に残ったリエンタール子爵達の血の跡《あと》を見る。明日には地面に消えるのだろうか？

「…………もう少し器用に生きれば良いものを」

「お嬢様？」

「何でもないわ」

アリアの墓に花を供えたロゼリアは帰《かえ》り際にもう一度振《ふ》り返り、指を一度鳴らすと、血《ち》溜《だ》まりが一瞬《いっしゅん》燃え上がり蒸発する。僅かに残った燃え跡を一瞥《いちべつ》してロゼリアは馬車に向かって歩き始めるのだった。

「まぁ良いでしょう。仕方ありませんから、わたくしが貴女が折れる理由を差し上げますわ」

◇

そう言うとロゼリアは側に置いていた小さなポーチから一メートル程のケースを取り出した。明らかにポーチに入るサイズではない。マジックバッグの類いだろうか。

ロゼリアは私との間に空いていたスペースにケースを置く。

「わたくしが婚約《こんやく》している事はご存《ぞん》じですわよね？」

「ええ。確か辺境伯《はく》家だったかしら」

「その辺境伯家との婚約の際に贈《おく》られた物ですわ」

その言葉を前置きにロゼリアがケースを開いた。

「これは！」

中に入っていたは一本の角だった。魔力《まりょく》を抑《おさ》える特殊《とくしゅ》な紙で保護されたその角は淡《あわ》い光を放っている。ロゼリアに目で促された私はその角を手に取った。

「間違いないわ。これは雷《かみなり》龍《りゅう》の角。竜種《りゅうしゅ》ではなく本物の龍の角ね」

「今後の報復に際して故意に民を傷つける事をしないと魔法契約書《まほうけいやくしょ》によって制約していただけるなら、その雷龍の角をお譲り致《いた》しますわ」

「これを……」

「ええ。それは貴女にとって今後必要になる物でしょう？　その上、民を巻き込む事を止める理由にもなる。悪い話では有りませんでしょう。本当はアデル殿下《でんか》の邪魔《じゃま》をしないなどの条件も入れたかったのですが、あまり複雑な条件を盛《も》り込むと魔法契約《けいやく》に綻《ほころ》びが出やすくなりますからね」

ロゼリアは僅かに口の端《はし》を持ち上げて笑う。

「さて、どう致しますの？」

「ロゼリア。貴女はこれを私に渡すと言う事がどういう意味を持っているのか分かっていて言っているのよね？」

「当然ですわ」

この雷龍の角は非常に強い雷の魔力を帯びている。加工次第《しだい》では【雷精化】により雷と化したブラートにも通じる武器になる。

「意外ね。アデルに仕えているとは言え、貴女は王国に臣従しているものだと思っていたわ」

ロゼリアは昔の私に似ている。彼女がフリードの補佐をしていた事も、アデルに従っている事も、あくまでも貴族に生まれた者として国の為に行動しているのだと思っていた。

「どういった心境の変化なの？」

尋ねるとロゼリアは一瞬躊躇《いっしゅんちゅうちょ》した後、口を開いた。

「……帝国《ていこく》に向かう前、ブラート陛下に謁見《えっけん》致しましたの。その時にフリード殿下の今後についてお聞きしたわ」

「ブラートはなんと？」

「このままアデル殿下が上手《うま》くフリード殿下を御《ぎょ》してくれればそれなりの地位を与《あた》えて飼い殺しにする。と」

「甘いわね」

「甘いですわ」

あのバカのやらかしは最早《もはや》その程度では払拭《ふっしょく》できない。国を立て直すと言うのなら、王国の膿《うみ》を出し切り、その責任を全てフリードに押し付けて切り捨てるべきだ。おそらくアデルはそうしようとしている。

「戦場で《雷神》と恐《おそ》れられるブラート陛下も人の親だったのでしょうね。自分と同じ魔力資質を持つフリード殿下を結局切り捨てられないのでしょう。その言葉を聞いた瞬間、わたくしは決断しました。国を守る為には頭を挿《す》げ替《か》える必要があると」

「つまり現国王を見限った訳ね」

「ええ。ブラート陛下を廃《はい》してアデル殿下に女王として戴冠《たいかん》して頂きますわ。だからわたくしは貴女がブラート陛下と事を構えようと止めるつもりはありません」

裏を返せば民やアデルを巻き込む様に動けばロゼリアは敵対するということか。アデルやロゼリア、それにエイワス兄様を敵に回すのは得策とは言えないわね。

「良いわ。その取引に乗りましょう」

◆

ハルドリア王国の使節団が借り受けている宮廷《きゅうてい》の一角、その談話室で帝都《ていと》で集めた情報を整理していたエイワスの目の前に新しい書類が差し出された。エイワスが顔を上げると書類を差し出していたロゼリアと目があった。

「これは？」

「今回のわたくし達の最大の目的に関する物ですわ」

エイワスが受け取り改めて内容を読むと、それは書類ではなく魔法契約書だった。その契約内容にエイワスは僅かに目を見開く。エリザベートが今後民を巻き込む様な行動はしないと制約すると言う物だ。

「どうやってこれを？」

頑《かたく》なに歩み寄りを拒否《きょひ》し続けるエリザベートに交渉《こうしょう》は長引くと考えていたエイワスは、ロゼリアが持ってきたこの成果に珍《めずら》しく本心から驚いていた。

「エリザベートに契約させた方法は秘密ですわ。でもこれでエリザベートの動きは大人しくなるはずです」

「そうだね。こんな契約を交《か》わしたって事はエリザベートは王国から手を引く事にしたのかい？」

「いいえ。それは違いますわね。むしろ逆。今後は民に手を出さない代わりに王国、それも王族を直接狙《ねら》う様になるとおもいますわ」

場合によっては不敬罪に問われてもおかしくないロゼリアの言葉にエイワスは我慢《がまん》しきれずに笑い声を上げる。

「君も随分《ずいぶん》と強《したた》かになったね」

「貴族とは強かな物ですわ」

「何はともあれこれでエリザベートとは敵対しなくて済む。お手柄《てがら》だな」

「あら。貴方《あなた》は何方《どなた》でも良かったのでしょう？」

ロゼリアはエイワスに細めた視線を向けた。

「エリザベートが折れればその手柄を持ち帰り、折れなくても彼女の策を利用して王族を倒《たお》す。アデル殿下が巻き込まれたらそれも良し。寝首《ねくび》を掻《か》いて漁夫の利を得る算段だったのでしょう？」

「はっはっは。ロゼリア嬢は想像力が豊かだね。もし仮にそんな事が起こったとしたら僕《ぼく》は臣下としてアデル殿下の盾《たて》となるに決まっているだろう？」

「はぁ。この場ではそう言う事にしておいて差し上げますわ。と言うかわたくしは一体何のために大会にでたのですか？」

「面白《おもしろ》かっただろう？」

「貴方がエリザベートが出場する可能性が高いから接触《せっしょく》する為にってわたくしに出場する様に言ったのでしょう！」

「はっはっは。そうだったかな？」

酒場の口説き文句の様に芯《しん》のないエイワスの発言にロゼリアはついため息を漏らした。

彼の怖《こわ》いところは、この胡散臭《うさんくさ》さすらわざとそう見せているところだ。軽薄《けいはく》さで全身を鎧《よろ》い心の内を一切《いっさい》見せない。

「ああ、それと予定を繰《く》り上げて明日の早朝に帝都を出て王国に戻るからね」

「は⁉　オーキスト殿下との会食や帝国商業ギルドの視察はどうするんですの！」

「キャンセル」

「本気でいってますの？」

「ああ。帝国側には私から話をつけておく。ロゼリア嬢は旅の用意をしておいてくれ」

「わたくしの意見を聞くつもりはないのですわね」

「聞きはするさ。でもそれを採用するかどうかは別の話」

「そうですか。ではわたくしはこれで失礼しますわ。急ぎ荷を纏《まと》めなければなりませんので」

ロゼリアは退室の言葉を告げて部屋を後にした。


談話室を出て自室にしている部屋に戻ったロゼリアは着替《きが》えを済ませて部屋付きの侍女やメイドを退がらせる。

「ふう。何とかなりましたわね。エイワス様の驚く顔などと言う珍しい物も見られましたし悪くない結果ですわ」

手にしていたエリザベートとの魔法契約書を魔力鍵《かぎ》の掛かる小箱に厳重に入れてマジッ

クバッグにしまい込み、久しぶりに会ったかつてのライバルの顔を思い出す。お手本の様な笑顔《えがお》を貼り付けた以前とは違い人間らしい感情を顕《あらわ》にするエリザベートを好ましく思っていた。

「はぁ、せっかく馬鹿な親や王族から逃《に》げ出せたのだから、王国の事は忘れて穏《おだ》やかに暮らせば良いのに。貴女は本当に難儀《なんぎ》な性格をしているわね。エリー」

◇

屋敷《やしき》に戻って来た私は、ロゼリアから受け取った雷龍の角を改めて確かめる。魔物である竜種とは違い、龍とは莫大《ばくだい》な魔力と知性を持つ強大な種族だ。私のフリューゲルの素材となっている天龍もそのうちの一体だ。かつての英雄《えいゆう》が国一つを滅《ほろ》ぼした天龍討伐《とうばつ》して得たと伝わっている。

「この雷龍の素材にどの様な由来があるのかは知らないけれど、これほどの素材を使えばブラートにも届き得る武器が造れるわ」

私は雷龍の角を丁寧《ていねい》にケースに戻して【強欲の魔導書】へと収納した。

「問題はこれ程《ほど》の素材の加工が可能な職人ね」

ロゼリアと交わした契約により私の計画は大きな修正を余儀《よぎ》なくされた。しかしブラートへの対抗《たいこう》手段を手に入れた事はそれを補ってあまりある成果と言えるだろう。現状の戦力や資金でも王国を崩壊《ほうかい》させる事だけなら不可能ではない。しかし、どの様な手段を取ろうとも私の刃はブラートの命には届かなかった。王都を火の海に変えようとも、軍を殺し尽《つ》くそうとも、ブラートが私の前に立った瞬間、私の負けが決定するのだ。それだけの戦力差が私達の間には存在する。

「ロゼリアが雷龍の角を私に渡したのは彼女の独断だとしても、アデルなら事前に情報を掴《つか》んでいたでしょうね。それでもロゼリアを止めなかったと言う事は私の手に雷龍の角が渡る事でアデルにもメリットがあると言う事」

つまりアデルは私を利用してブラートを排除《はいじょ》しようと動いている。これは共闘《きょうとう》ではない。お互《たが》いがお互いを利用しようと策を巡《めぐ》らせる謀略《ぼうりゃく》戦だ。

「そちらがそのつもりなら、私はそんなアデル達を利用させて貰《もら》うわ」

頭の中で対王国のプランを練り直す。

「優しすぎる……ね。貴女《あなた》には言われたくはないわよ。ロゼ」

◇◆☆◆◇

公都の中心から少し外れた場所にかつての劇場を利用した施設《しせつ》がある。歴史的、文化的に価値のある物品を展示している博物館だ。ハルドリア公国が管理するこの博物館には、ハルドリア王国最後の女王アデル・ハルドリアが着用していた南大陸の衣装《いしょう》や、初代大公ルーカス・レブリック・ハルドリアの日記など貴重な品々が保管されている。その中でも特に厳重に保管されているのが二振《ふたふ》りの細剣だ。嘘か真か、かつて《白銀の魔女《まじょ》》が手にしたとされる細剣、ミスリルすら両断出来る鋭利《えいり》な薄《うす》い刃を持つ《翼《つばさ》を持つ者》そして雷を斬《き》り払《はら》ったと伝えられる《雷神《らいじん》殺し》の二本である。しかし、この展示されている細剣はじつはレプリカであり、本物は《白銀の魔女》の後継者《こうけいしゃ》が手にしているとも、王城の地下に封印《ふういん》されているとも言われている。編集部が博物館側に問い合わせたところ、細剣は紛《まぎ》れもなく本物だとの回答を得た。しかし、鑑定《かんてい》を願い出ると歴史的な物品の保護を名目に断られてしまった。調べられたら不味《まず》い『何か』が有るのかも知れない。

信じるか信じないかは読者である君が決める事である。

月刊ハルドリア公国都市伝説　公国建国に纏《まつ》わる闇の噂《うわさ》！

☆特集☆
・白銀の魔女の正体は宇宙人⁉
・初代大公ルーカスは女だった四つの証拠！
・博物館に眠るお宝の真相を徹底《てってい》解明！
・新説！　聖女ティルダニアは呑《の》んだくれのギャンブル狂《きょう》だった⁉

大銅貨七枚＋税

三章 《凶行》

この帝都にも兵士の目の届かない場所というものはある。いわゆるスラムと呼ばれるエリアだ。その様な場所では帝国の法も無力であり、一帯を支配するのは裏社会の人間であったり、そこで暮らす者達の暗黙《あんもく》の了解《りょうかい》だったりする。そんなスラムの一角、廃墟《はいきょ》の様な場所に一人の男が息を潜《ひそ》める様に潜伏《せんぷく》していた。男はとある組織に『クモ』の名で所属する存在だ。組織からの指令で幾人《いくにん》かの人物を処分する為《ため》に潜伏していた廃墟の扉を蹴破《けやぶ》って数人の男達が中に座《すわ》り込《こ》むクモを取り囲む。

「おい、テメェが最近この辺に住み着いたって男だな」

「…………」

「この辺りは俺《おれ》たちガトーファミリーの縄張りだ。この辺に住み着くなら払うもの払って……」

そこまで言った所で男の言葉と動きが止まる。ただのチンピラである男達は最近住み着いた浮浪《ふろう》者から金を巻き上げるだけのつもりだった。しかし、その浮浪者の寝《ね》ぐらに踏《ふ》み込んでみればそこには数人の人間が糸で拘束されていたのだ。明らかにヤバイ事に首を突《つ》っ込んでしまった。そう思った瞬間、苦悶《くもん》の表情を浮《う》かべた男の首が落ちた。

「ひっ！　ひゃあああ！」

腰《こし》を抜かして倒れ込む仲間の男の首にいつの間にか細い糸が絡《から》み付いている。クモは騒《さわ》ぐ男達に苛立《いらだ》ちの視線を向けた。

「うじ虫共ガ。薄汚《うすぎたな》い声で喚《わめ》くナ」

「うぐ……」

見れば他の仲間も同じく糸に絡められて苦しんでいる事に気づいた男は、自らの未来を近くに転がる首無しの死体に見る。

「あ、が……た、助け……」

男の意識が有ったのはそこまでだった。周囲に出来た真新しい血溜まりをピチャピチャと鳴らしながらクモの前に一人のエルフが姿を見せた。

「おやおや、これはまた随分と派手にやった物ですね」

呆《あき》れた様なエルフの台詞《せりふ》を無視して蜘蛛《くも》はその首に糸を伸《の》ばす。しかし、その糸はエルフの命を刈《か》り取る前に焼き切れる。

「魔力ガ動いた気配はナかた……精霊魔法《せいれいまほう》か」

蜘蛛は警戒度《けいかい》を上げて臨戦態勢をとる。

「その顔……覚えがあるナ。確か帝国商業ギルド評議会の《千里眼》ロットン・フライウォークだたカ」

「落ち着いてくださいクモ。私です。ナナフシです」

ロットンの顔をしたエルフがナナフシと名乗り、組織のボスである『若』から貰った短剣を見せる事でようやくクモは警戒を解いた。

「相変わらず警戒心が強いですね」

「仕方ナい。お前は会う度《たび》に姿ガ変わるのだからナ。前の顔はどした?」

「アレは期限切れです。【隠密《ハイディング》】の固有魔法《まほう》が使える便利な顔だったので結構気に入っていたのですがね。そろそろ新しい物を手に入れたいところです」

「そうか」

クモが拘束している男の内の一人をナナフシの前に転がす。

「ではこれナどはどうだ？　若の命で始末する組織を探《さぐ》っていた情報屋。【透過《クレアボヤンス》】の固有魔法持ちだ」

「それはレア物ですね。では……」

ナナフシが腕《うで》を振ると風の刃が糸で拘束された男の首を落とした。そしてナイフを取り出して心臓を抉《えぐ》りだす」

「神器【無貌の祭壇《ノーフェイス》】」

溢《あふ》れた後、凝縮《ぎょうしゅく》されたナナフシの魔力は銅鏡を中心とした祭壇を形作った。その銅鏡の前には二つの箱が有り、ナナフシはその内の一つを手に取ると中に先ほどの男の心臓を入れる。ナナフシの神器【無貌の祭壇】は自らが殺した相手の心臓を祀《まつ》る事でその相手の姿、記憶《きおく》、魔力資質などをコピーできる。グネグネと姿を変えて殺した男と同じ顔になったナナフシは体を動かして感覚を確かめる。

「前のより性能は落ちるが……まぁ悪くねぇな」

「相変わらず便利な能力だナ。変装としては完璧《かんぺき》だ」

「そんな便利なもんじゃねぇよ。ストックできる姿が二人分だけで固有魔法はコピー出来ても神器はコピー出来ないしな。何より心臓の腐敗《ふはい》は完全に止める事はできねぇから変身できる時間には制限がある」

そう言いながらナナフシはロットンの姿に戻《もど》る。

「それに一度使用すれば元の自分の姿には戻れません。今では本来の自身の姿や口調すら思い出せませんよ」

「ほう。だが二つの心臓を両方取り除けば元の姿に戻るんじゃゃナいか?」

「どうでしょう。試《ため》した事は有りませんね。神器の制約を破るのはリスクが大きいですから。二度と魔力が使えなくなる程度なら良いのですが、下手をすれば周囲に呪《のろ》いを振り撒《ま》く化け物になるかも知れません」

ナナフシは肩をすくめて本題を切り出す。

「さて、本日貴方を訪ねたのは若からの新しい指令を届けにきたのが目的です」

ナナフシが紙を取り出してクモに手渡《てわた》す。

「お前ガ直接渡しに来るって事はカなり大きな仕事だナ」

クモが紙に目を通す。スッと目を細めたクモの反応にナナフシがそれと気付かれない様に戦闘《せんとう》体勢をとった。クモの反応によっては、この場で彼を処分する様に指示を受けているからだ。

「了解した。若にもそう伝えてくれ」

「……畏《かしこ》まりました。ご武運を」

小箱を腐《くさ》りかけた机の上に置き、廃墟を立ち去るナナフシの後ろ姿が見えなくなった後、蝋燭《ろうそく》の火を手にしていた紙に移して灰にしクモた誰《だれ》へともなく口を開く。

「若の命で有るナら問題ナどない。たとえこの命を賭《か》ける仕事であてもナ」

ナナフシが残した小箱を躊躇《ためら》いなく開いたクモは中に入っていた手のひら大の宝玉を取

り出す。中に黒い靄《もや》が渦巻《うずま》く透明《とうめい》な宝玉は水晶《すいしょう》の様にも見えるが内包された魔力は非常に高い。クモはその宝玉を懐《ふところ》に仕舞いこんだ。

◆

早朝、ユーティア帝国の宮廷から多数の騎士《きし》に護衛された馬車が出発しようとしていた。その見送りに皇帝《こうてい》の代理として皇太子オーキスト・ユーティアが足を運んでいた。

「それではエイワス殿《どの》、またお会いしましょう」

「こちらこそ。オーキスト殿。今回の滞在《たいざい》はとても有意義でした」

「ロゼリア殿もまた是非帝国《ぜひていこく》へ足を運んでくれたまえ。優秀《ゆうしゅう》な君との対談は実に楽しかった」

「勿体無《もったいな》いお言葉です。殿下」

ロゼリアは深く頭を下げる。馬車に乗り込んだエイワス達ハルドリア王国の使節団は帝都を後にして帰路についた。こんな早朝に出発するのは祝祭最終日の今日はかなりの人混みが予想されるからだ。

「それにしてもこんな早朝に出発するくらいなら祝祭が終わってから帰ったのでもよかっ

たのではなくて？」

「ロゼリア嬢のお陰《かげ》でエリザベートとの取引が成立したからね。この件を一刻も早くアデル殿下の元に持ち帰らなければいけないだろう？　それに比べたら帝国との交流は後回しにしても構わない程度の問題さ」

「その発言は危険ですわよ。帝国を蔑《ないがし》ろにしているとも取られかねませんわ」

「この場には王国の人間しかいないのだから大丈夫《だいじょうぶ》さ。現在の帝国とエリザベート。アデル殿下にとって何方《どちら》が脅威《きょうい》となるかは明らかだからね」

そう言って苦笑《くしょう》を浮かべるエイワスは心の底からアデルの為に行動している様にすら見える。

「確かにエリザベートと表立って敵対する可能性が減ったのは大きな収穫《しゅうかく》かも知れませんがそれで帝国を敵に回したら元も子もありませんわよ」

「心配のし過ぎだよ。オーキスト殿下だって笑顔で見送ってくれたではないか」

「それはそうですが……」

「王国で書類の山の相手をしているアデル殿下《でんか》達《たち》にもお土産《みやげ》は沢山《たくさん》買ったし、何も心配は要《い》らないよ」

「お土産？」

思い出してみればロゼリアはエイワスの指示で見覚えのない荷物が沢山《たくさん》積み込まれているのを見ていた。

「あれ、お土産だったのですか？　一体いつの間に」

「君が武術大会で奮闘《ふんとう》している間かな」

ロゼリアのこめかみに青筋が浮かぶ。しかしこれはロゼリアを揶揄《からか》って遊んでいるだけだ。乗っては向こうの策にハマるだけだと思い直して話題を変える。

「ちなみに何を買ったのですか？」

「ああ、帝都で流行《はや》りの菓子《かし》らしい」

「菓子？」

「チョコレートというそうだ。エリザベートの商会で買った」

「あれだけ毛嫌《けぎら》いされている妹の店でよく堂々と買えますわね」

「人気があるらしくかなり並んだよ。はっはっは」

ロゼリアはため息を飲み込んで口を閉じた。ちなみにロゼリアも侍女《じじょ》を使いに出して噂のチョコレートはしっかりと入手済みだ。

◇

「ママ！　早く！」

「待って、アリス。そんなに急がなくても大丈夫よ」

私はアリスに手を引かれて広場へと向かっていた。祝祭五日目の今日、帝都の広場では蝋燭が最後に燃え上がる様に多くの屋台が集まり、出し物が披露《ひろう》されている。

「ははは、アリスは大道芸が気に入っていたみたいだからな」

イーグレットがはしゃぐアリスを見て笑いながら抱《だ》き上げて自分の肩《かた》の上に乗せ、偶然《ぐうぜん》地面に降りていたキャロルが慌《あわ》ててイーグレットの体を登り、定位置であるアリスの頭の上にたどり着く。最終日はイーグレット達と、かなりの大人数になってしまった。馬車の通行が制限された大通りを広場へと向かって進んでいると、私達の向かう先から悲鳴が上がる。ギョっとして視線を向けるが人垣《ひとがき》に遮《さえぎ》られて何も見えない。すると更《さら》に大きな悲鳴が上がり、逃げようとする人々が人波となり押《お》し寄せ、それと同時に濃《こ》い血の臭いが風に乗り漂《ただよ》って来た。

「な、なに⁉」

アリスが不安げな声を上げる。

「イーグレット！」

「ああ、アリス、キャロルを捕《つか》まえてろよ！」

「う、うん！」

「キュ⁉」

「掴まってルノア！　ミーシャも着いて来なさい」

「は、はい」

「はい！」

イーグレットが肩の上のアリスを抱《かか》える様にして跳躍《ちょうやく》、民家の壁《かべ》を蹴《け》り屋根に上がった。それにルノアを脇に抱えた私が続き、更にミレイにミーシャ、バアルとオウルも自力で屋根の上に上がって来た。

「何が有ったのでしょうか」

「あの辺りね」

何度も悲鳴が上がる場所に視線を遣《や》ると、遠目からも分かる程、辺り一面が血の海となっていた。

「テロか？」

イーグレットがアリスを降ろしながら問う。血溜まりの中心部では黒尽《くろず》くめの男が周囲の人間を手当《てあ》たり次第に斬りつけていた。逃げ惑《まど》う人々を襲《おそ》う男の目的は不明だ。祝祭の初めのパレードなどとは違《ちが》い、帝国の運営に係《かか》わる様な皇族や高位貴族は広場にいない。

「政治的なテロでは無いのかしら？」

「どうだろうな。見たところ無差別に襲撃《しゅうげき》しているように見えるが」

帝都で騒ぎを起こすのが目的だろうか？　アリスに見せない様にしながら様子を覗《うかが》っていると、広場近くの警備に当たっていた二人の騎士が現場に踏み込んだ。

「取り敢《あ》えず何とかなりそうだね」

「そうね、いくら何でも騎士二人を相手に……」

私は此処《ここ》で言葉を飲み込んだ。男が腕を振ると、まだ距離《きょり》が有った筈の騎士の一人が四肢《し》を切断されて地面に転がったのだ。倒れた仲間に一瞬気を取られたもう一人の騎士も、瞬時《しゅんじ》に間合いを詰めた男の短剣で喉《のど》を貫《つらぬ》かれる。

「あいつ、ただの暴漢じゃないぞ！」

イーグレットの言う通りだ。あの間合いの外からの攻撃《こうげき》にはカラクリが有るとしても、騎士が気を取られたのは一瞬、普通なら全く問題ないくらいの僅《わず》かな間だ。黒尽くめの男は、それを見逃《みのが》さず隙《すき》を突く事が出来るレベルの強者《きょうしゃ》だ。だが、この場は皇帝陛下のお膝《ひざ》元《もと》だ。騎士二人がやられたと知ると、直《す》ぐ様増援《さまぞうえん》の騎士が男の制圧へと向かう。更には宮廷の方から一際上等な武装をした者達《たち》が騎馬《きば》で向かって来る。

「近衛騎士まで出てきましたね」

近衛騎士は皇族を警護するエリートだ。彼《かれ》らに命令できるのは皇族のみ。それが出てきたと言う事は皇帝もこの事態を把握《はあく》している事を示している。十人の騎士は身体強化を使って男への距離を一呼吸の間に縮めると、卓越《たくえつ》した剣技で剣を振るった。男もギリギリで躱《かわ》そうと身体を捻《ひね》ったが、右足を斬り裂《さ》かれて血溜まりの中を転がる。そして再び腕を振り、謎《なぞ》の遠距離《えんきより》攻撃《こうげき》を放つが、その攻撃の正体に気付いた近衛騎士が騎馬を走らせて騎士と男の前に滑《すべ》り込み剣を薙《な》ぐ。

「今度こそ終わりだな」

「ええ、今のうちにこの場を離《はな》れましょう」

あの男の目的は分からないけれど、ここまでだ。そう思った時、黒尽くめの男から膨大《ぼうだい》な魔力を感じた。驚《おどろ》き振り向くと、黒尽くめの男は右手を掲《かか》げて何かを持っている。魔力の出所はその『何か』だ。

「マジックアイテム!?」

誰かが言った。これ程の魔力が込められたマジックアイテムだ。何が起こるか分からない。私は【暴食の魔導書《グリモア・ベルゼブブ》】を作り出し防御魔法《ぼうぎよまほう》を張ろうとするが、それよりも早くマジックアイテムの魔力が凝縮して行った。魔力は男が掲げた宝玉から周囲へと広がって行く。

「何だアレは……」

イーグレットは驚愕《きょうがく》しているが、私はその現象を起こすマジックアイテムを知っている。ハルドリア王国の禁書庫の中に収められた文献《ぶんけん》にある物だ。故王国の時代でも禁忌《きんき》とされた物で、文献の中でもその製法は既《すで》に失われた物だとされていた危険物だ。

「『死者の宝玉』」

驚く私を他所《よそ》に、男が持つ宝玉から発せられた魔力に触《ふ》れた騎士達が身体を震《ふる》わせる。するとその肉体がみるみる内に腐り落ちて骨だけの姿に変わる。完全な骸骨《がいこつ》となったその姿は、下級アンデッドのスケルトンと酷似《こくじ》しているが、内包する魔力は桁違《けたちが》いだ。魔力に触れていなかった近衛騎士達も慌てて距離を取ろうとするが、骸骨となった騎士が剣を握《にぎ》りなおすと次の瞬間《しゅんかん》、近衛騎士の一人の目の前に移動していた。

「ぐぁぁあ！」

骸骨の手にしていた剣が近衛騎士の鎧の隙間《すきま》を突き、背中までを貫通《かんつう》させる。崩《くず》れ落ちた近衛騎士の死体は呻《うめ》き声を上げながらむくりと立ち上がる。

「動いた！」

「ゾンビね」

「殺した相手をゾンビへと変えるか。不味いな」

バアルの言葉がポツリと溢れた事にハッとする。私は作り出したばかりの【暴食の魔導書】を消し、入れ替えに【強欲の魔導書《グリモア・マモン》】を手にすると、つい先日再生が完了《かんりょう》したばかりの細剣フリューゲルを取り出した。

「ミレイ！　三人を連れてこの場を離れて！」

「オウル、お前も逃げろ」

イーグレットもマジックバッグにしまっていた武器を手にしている。あの男を放置する事は出来ない。この場で叩《たた》かねば帝都が消滅《しょうめつ》する。私は周囲に散乱する遺体を死者の宝玉を使って次々とゾンビやスケルトンなどのアンデッドに変える男に向かって飛び出して行った。接近に気付いた男が腕を上げると、周囲のアンデッドが道を塞《ふさ》ぐ様に立ちはだかる。

「アンデッドを使役《しえき》する事もできるのね」

「邪魔だ！」

私を追い抜《ぬ》いたバアルが魔力を纏った蹴りを鋭《するど》く放つと、ゾンビやスケルトンなどの下級アンデッドは抵抗《ていこう》無く粉々に破壊《はかい》されるが、直ぐに別のアンデッドが迫《せま》り、その間にアンデッド数を増やす。どうやら死んだ人間をアンデッド化する他、魔力を触媒《しょくばい》にアンデッドを召喚《しょうかん》している様だ。

「エリー、バアル。退がれ！」

イーグレットの声を聞き、反射的に背後に跳《と》ぶ。

「【砂波《サンド・ウエーブ》】」

イーグレットが手にしていたシャムシールから放たれた砂が津波《つなみ》の様にアンデッドを飲み込む。大量の砂で敵を磨《す》り潰《つぶ》しているようだ。いくらアンデッドとは言え、あそこまで粉々にされれば再生は不可能だろう。イーグレットが切り開いた道を抜け男の首を断《た》つべくフリューゲルを握る腕を振り上げる。

「しっ！」

完璧なタイミングでフリューゲルを振り切るが、男は足から力を抜き崩れ落ちる様に身を躱した。だがそんな回避《かいひ》の仕方で次の行動が間に合う筈《はず》がない。

「危ねぇ！」

追撃《ついげき》を加えようとした私だが、男の腕がピクリと動いたのを目の端《はし》に捉《とら》えたバアルに襟《えり》首《くび》を捕まれ後ろに投げられると、目の前の空間に僅かに光る線が走るのが見えた。

「糸⁉」

男が放ったのは魔力が込められた糸だった。私の前髪《まえがみ》が少し切れて宙に舞《ま》い、バアルの腕が深く傷を負う。やはりただの暴漢ではない。何処《どこ》かの組織の工作員だろうか？

「助かったわ」

礼を言いながら【強欲の魔導書】から取り出したポーションをバアルに投げ渡《なげわた》し、フリューゲルを構えながら魔力《まりょく》を練る。

「【氷棘《アイス・ニードル》】」

氷の棘《とげ》を放つが、男を貫く前にゾンビが間に飛びみ壁となる。更に男はゾンビを巻き込みながら蜘蛛の巣状に糸を伸ばしてきた。かなり攻撃範囲《こうげきはんい》が広く避《よ》けるのは難しい。

「エリー！」

「お嬢《じょう》！」

バアルは腕の治療《ちりょう》で行動がワンテンポ遅《おく》れ、イーグレットは周囲のスケルトンを振り払いこちらに走るが間に合わない。腕に魔力を集めて防御《ぼうぎょ》を固める私に男の糸が届く寸前、大量の泥《どろ》が割《わ》り込み、私を掴み上げて後方へと放り投げた。空中で体を捻《ひね》り着地した私は、泥の巨腕《きょわん》が男に向かって振り下ろされるが、男の糸で切り裂かれるのを見た。視線をずらすと鳶色《とびいろ》の髪《かみ》を一纏《ひとまと》めにした若い女が近くに立っている。昨日の武術大会でも見たAランク冒険者《ぼうけんしゃ》《泥のシスティア》だ。それだけではなく、大会に参加していた他の人達や帝都に居合わせた高ランク冒険者や傭兵《ようへい》など腕に覚えのある者達が集まって来ていた。近衛騎士達も体勢を立て直しており、連携《れんけい》してアンデッドが広場から出ない様に立ち回っている。

「エリーさん、大丈夫っスか⁉」

「無事か？」

「ティーダ、エルザ」

広場の近くに居たのかティーダとエルザも武器を手に姿を現した。

「あいつが元凶《げんきょう》か」

「ええ、ただの暴漢かと思ったら意外と厄介《やっかい》な相手みたい」

周囲を見渡《みわた》すと冒険者や傭兵、騎士達と戦っているアンデッドの中にデュラハンやレイスなどの上位種が交ざっているのが見えた。

「うへぇ、ゾンビやスケルトンだけじゃないみたいっスね」

「アンデッドの瘴気《しょうき》による自然発生だろうな。あの男の妙《みょう》な宝玉のせいか、周囲の瘴気が異常に濃い」

会話をしながらも私とティーダ、エルザそしてイーグレットの四人で男を包囲する。背後から狙ってくるアンデッドもいたが、騎士達やシスティアの【泥人形《マッド・ドール》】が防いでくれている。

男を制圧しようとした時、広場の端から悲鳴が上がる。巨大なスケルトンが騎士を掴み上げて地面に叩きつけていた。

「ジャイアントスケルトン！」

「ティーダ！」

「はいっス！　神器【神の恵を刈り取る刃《ハーベスト》】」

ティーダが駆《か》け出そうとした時、ジャイアントスケルトンが砕《くだ》け散った。砂けむりの中から巨大な戦斧《せんぷ》の神器を担《かつ》いだユウが現れる。

「このままでは帝都《ていと》の住民がアンデッドに変えられてしまいますよ」

私達を見つけると小走りで私の隣《となり》に並ぶ。

「幸いかなりの数の実力者が集まっている。ゴリ押しをしてでも倒し切るしかないな」

「取りあえずあの男を取り押さえましょう」

私達に取り囲まれた男はニヤリと口角を上げて笑った。

「くくく。《白銀の魔女》に加えて《漆黒《しっこく》》《不死鳥》《代行者》カ。そっちの男達もカなりの使い手だナ」

「この状況《じょうきょう》で随分と余裕《よゆう》が有るようね」

「こうナる事は予想出来ていたカらナ」

男と睨《にら》み合いながら私は小声でバアルに指示をだす。

「想定よりアンデッドの広がりが速いわ。貴方はミレイ達と合流して」

「分かった」

私を甘《あま》く見ているのか、男は死の宝玉を片手で弄《いじ》りながらニヤニヤと笑う。

「そろそろいいカ？」

「来るわよ」

私が短く告げると皆《みな》、己《おのれ》の得物を構えた。

◆

「状況は⁉」

「現在、主に居合わせた冒険者や傭兵が応戦しております。騎士や兵士には民の避難《ひなん》を優先させております」

「近衛騎士を三小隊向かわせろ」

宮廷《きゅうてい》の廊下《ろうか》を早足に歩きながらオーキストが周囲の文官や武官に指示を飛ばす。

「軍を動かす。直ぐに召集《しょうしゅう》をかけろ」

「しかし殿下《でんか》！　相手はアンデッドです。軍の装備では……」

「敵の多くは下級アンデッド。剣に聖水を掛《か》ければ十分だ。イブリス教の神殿《しんでん》に協力を要《よう》請《せい》して聖水を手配しろ」

「は、はい！」

指示を出し終えたオーキストは急ぎ鎧を身につける。皇族に伝わる鎧の中でも聖属性の魔力が込められた逸品《いっぴん》だ。

「殿下、取り急ぎ動ける者を召集いたしました」

「直ぐに行く」


宮廷の訓練場に数百人の兵士が集まっていた。その前に立ったオーキストは一段高くなっている台に乗り兵士達に視線を向けた。

「諸君。帝国《ていこく》の危機である！」

オーキストは一拍《いっぱく》の間をおいて続ける。

「我々は邪悪《じゃあく》なアンデッドから帝国臣民を守る為に戦わなければならない！」

兵士達の緊張《きんちょう》した雰囲気《ふんいき》で空気が震える。イブリス教の聖職者が聖水の入った箱を抱えた兵士達と共に駆けてくる。

「案ずることはない。この通りイブリス教からの協力もある。諸君らの剣は聖水により清められアンデッドをたやすく屠《ほふ》るだろう」

オーキストは腰の剣を抜き掲げる。

「当然、この私が諸君らの先陣《せんじん》を切る！」

◇

男の体がゆらりと揺《ゆ》れたと思った瞬間、その姿が掻《か》き消える。

「っ⁉」

背中に走るゾワリとした悪寒《おかん》に身を翻《ひるがえ》す。男は私のすぐ近くにまで迫っており、振り上げた腕の先に魔力を纏《まと》った糸が煌《きら》めいている。回避しきる時間もなくその腕が振り下ろされた。しかし、私の胴《どう》が断ち切られる前にイーグレットのシャムシールが差し込まれ糸を弾《はじ》き返した。

「よく間に合った物だナ」

「お前……『クモ』だな？」

連続で振るわれる糸を弾《はじ》きながらイーグレットがそう口にした。

「クモ？」

「俺も詳《くわ》しい事は知らないが、中央大陸で暗躍《あんやく》している謎の組織の構成員に糸を武器に使う南大陸訛《なま》りの暗殺者が居ると聞いた事がある。ナイル王国の政変にもその組織が裏で噛《か》んでいるって噂だ」

「お兄さん。その情報ガチっスか？」

「国の王宮に出入りしている商人から聞いた話だからな。真偽《しんぎ》の程はわからない」

「きな臭《くさ》い話になって来たな」

中央大陸で暗躍している組織か。私もいくつかは知っているし王国にいた時には実際に何度かやり合った事もある。フリードを利用しようと近づいてきた『新生ハルドリアの民』、魔力の高い子供を誘拐《ゆうかい》して人体実験を行っていた『魔術《まじゅつ》の夜明け』、属国を焚《た》き付け反乱を起こそうとした『憂国《ゆうこく》解放同盟』。いずれも叩き潰したはずなので、あのクモとやらは別口か。

私達を余裕の表情で見ていたクモがニヤリと口角を上げる。

「いかにも。我《わ》が組織は人間の依頼《いらい》により事を起こした」

「組織事態に統一された意識が有る訳ではないって事ですかね？」

ユウの呟《つぶや》きにエルザが頷《うなず》く。

「他者の依頼によって動く犯罪組織ってところか」

完全に体勢を立て直した上、神器を手に自身を半円状に包囲する私達を見回してクモは両腕《りょううで》を振り上げた。

「おしゃべりはそろそろ終わりにするカ」

まるでオーケストラの指揮者の様に振るわれる腕の動きに合わせる様にスケルトンやゾンビが津波の様に襲いかかってくる。

「どうなってるんだ？　明らかにアンデッドにされた住民や兵士よりも数が多いぞ」

大量に作り出した【泥人形】で周囲のスケルトンを粉砕《ふんさい》しながらシスティアが叫《さけ》ぶ。

「魔力を触媒にして新しく生み出しているのよ。ティーダ！」

「はいはい、わかってるッスよ！」

私はユウやエルザに前衛を任せると、神器を【暴食の魔導書】に変えてティーダと背中合わせになり手早くページを捲《めく》り魔力を込める。

「「【浄化《ピュリフィケイション》】」」

二人同時に発動したアンデッドを消し去る聖属性魔法は光の波紋《はもん》となり私達の周囲のスケルトンやゾンビを消し去った。範囲《はんい》を広げる為に威力《いりょく》を落としていた所為《せい》で数体の上位アンデッドは消しきれなかったが、ユウやエルザ、イーグレットによってすぐ様仕留められる。

「代行者と白銀の魔女の浄化魔法《じょうかまほう》か。流石《さすが》の威力だナ。ではこんなのは如何《どう》だ？」

クモが軽く指をふる。帝都の広場を中心に各地で溢れかえっていたアンデッドが瘴気にかわり、幾《いく》つかの塊《かたまり》へと集まってゆく。そしてその瘴気から新たなアンデッドが生まれた。

「まさかエルダーリッチか⁉」

現れたのは魔導師の様なローブを着たスケルトン。だがその威圧《いあつ》感はスケルトンの比ではなかった。

「その上ジャイアントスケルトンやスケルトンドラゴンも居ますよ」

私は【暴食の魔導書】を消すとすぐにまた魔力を凝縮させる。

「神器【怠惰の魔導書《グリモア・ベルフエゴール》】」

懐から取り出した銀貨をばら撒き、それを触媒にセイントバードを召喚する。

「この辺り一帯を飛んで」

「ピィ」

セイントバード達は私の指示を聞き、すぐに上空へと飛び立つ。更に【怠惰の魔導書】に魔力を込める。

「【視覚同調《シンクロセンス》】」

契約《けいやく》している魔物が見た物を脳内に投影《とうえい》する魔法を発動すると、私の頭の片隅《かたすみ》に契約している魔物の見た光景がイメージとして浮かび上がる。

「既にかなりの範囲に上位アンデッドが出現しているわね」

【視覚同調】は無属性の魔法だが、私の場合は【怠惰の魔導書】を手にしている間しか使えないという制限がある。しかし、敵の最高戦力は目の前の男かも知れないが、最大の脅威は帝都に広がるアンデッドだ。こうして戦況《せんきょう》を把握できるメリットは他の魔導書を使えなくなるデメリットに勝る。

「ユウ、エルザ、ティーダはあっちに向かって！」

多くの高ランク冒険者や騎士達が抑《おさ》えているが敵には魔力の続く限り無限に下級アンデッドを召喚できるエルダーリッチがいる。

「ユウとエルザは大物を！　ティーダは実力者を中心に聖属性の付与魔法を掛けて！」

作戦を議論している時間はなかった。ティーダがユウとエルザの神器に聖属性の付与魔法を掛けるのと同時に三人はそれぞれ走り出す。ティーダはエルダーリッチを抑えている冒険者の元に、ユウは黒い骨で出来た一際大きいジャイアントスケルトンに、エルザは大量のアンデッドを相手に劣勢《れっせい》になっている騎士団の所へと。

「良いのか？　戦力を分けてしまって」

「強がるなよ。糸にあれだけの魔力を込めた上にそのマジックアイテムを使うにも魔力は要るんだろう？」

「高位アンデッドを召喚したのだから今の貴方《あなた》自身はかなり弱体化していると考えるのが当然よ」

イーグレットと私の指摘《してき》にもクモは動揺《どうよう》しない。此方《こちら》から仕掛《しか》けようにも奴《やつ》には糸がある。迂闊《うかつ》に飛び込《こ》めば細切れにされるだろう。周囲に大きな戦闘音が響《ひび》くなか、私とイーグレット、クモは奇妙《きみょう》な静寂《せいじゃく》のなか睨み合っていた。

◆

アリスを連れて走るミレイ達だったが周囲にアンデッドが増えてくる。道を塞ぐ様に現れたゾンビにミーシャが飛び出す。

「くっ⁉ 【連閃】」

ミーシャが右足を軸《じく》に体を回しスキルを使ってゾンビに複数の斬撃《ざんげき》を加える。しかし一撃では倒《たお》しきれない。追撃を加えようとするミーシャをミレイが呼び止める。

「ミーシャ。深追いは必要有りません」

「は、はい！」

ミーシャが慌ててミレイ達の元に戻る。前方ではルノアが風魔《かざま》法《ほう》で数体のゴーストを吹き飛ばし、オウルのククリナイフがスケルトンの骨を砕く。何とか広場から離れようとしていたミレイ達だが、突然《とつぜん》近くの石畳《いしだたみ》から大量のスケルトンが飛び出して来た。

「アリス！　その場を動かないでください！」

ミレイが光の矢を放ちながらスケルトンを倒して行く。アリスとの距離は二メートルも離れていなかったのだが、ミレイとアリスの間の壁を突《つ》き抜けて普通《ふつう》のゾンビよりも一回り大きな影《かげ》が躍《おど》り出る。

「アリス！」

「不味《まず》い、グールです！」

オウルがククリナイフを構えて駆け出すが、グールはアリス目掛《めが》けて腐った腕を振《ふ》り下ろし始めていた。突然の事にアリスは驚き目を見張る。グールの腕が直撃する寸前、土煙《つちけむり》を抜けて誰かがアリスを抱えてグールの腕を躱し、グールに大きな火球を叩き込んで焼き払《はら》う。

「大丈夫ですか？」

「フライウォーク殿」

アリスを抱えたエルフの男は帝国商業ギルド評議会の一人、ロットン・フライウォークだった。ロットンはグールの攻撃を躱した際、擦《す》り剥《む》いたアリスの膝《ひざ》の血をハンカチで拭ってやり、光の精霊魔法《せいれいまほう》でその傷を治す。

「さぁ、ここは危険です。早く……」

ロットンの言葉が終わる前に再びスケルトンが現れる。しかし、そのスケルトンは横合いから飛び込んできたバアルに一蹴《いっしゅう》される。

「無事か⁉」

「はい。バアルはアリスはお願いします」

「分かった」

バアルがアリスを抱え上げると、追加で現れたアンデッドにロットンが向かい合う。

「この場は私が！　子供達を連れて避難を」

「はい。ありがとうございます」

「すまねえ」

その場をロットンに任せてミレイ達は避難の為《ため》に走り出した。

走り去ったミレイ達の姿が見えなくなったところでロットンは軽く手を振り周囲のアンデッドを灰にする。

「意外と上手《うま》く行きましたね」

ロットンは先ほどアリスの血を拭《ぬぐ》ったハンカチを懐から取り出して小瓶《こびん》に入れる。

「若から聞いた時には驚きましたが、確かにあのアリスという少女は……」

誰ともなく言葉を発していると、視界の隅《すみ》に小さな魔物の姿が過ぎる。

「む！　カーバンクルですか。確かアリスと一緒《いっしょ》に居た……」

ロットンは指先に精霊魔法の炎《ほのお》を灯《とも》すが少し考えて炎を消す。

「止《や》めておきましょう。今はまだ妙な疑いをかけられたくない。ほら、早く主人のところに帰りなさい」

ロットンはキャロルを追い払う様に手を振った。

「キュイ」

キャロルはロットンの方を一度だけ振り返り、アリス達が逃《に》げた方向へ駆け出していった。

◆

ティーダが真っ先に向かったのはエルダーリッチと交戦している冒険者パーティの所だった。戦士二人に弓師と治癒魔導師《ちゆまどうし》の四人パーティは巧《たく》みな連携と治癒魔法を攻撃に利用する事で二体のエルダーリッチを同時に相手した。かなりの実力者達である。その背後から迫るレイスを自らの神器【神の恵みを刈り取る刃】で両断したティーダは素早《すばや》く冒険者《ぼうけんしゃ》達《たち》の武器の【聖属性付与《エンチャント・ホーリー》】を施《ほどこ》すと行きがけの駄賃《だちん》とばかりに純白の大鎌《おおがま》でエルダーリッチの片腕《かたうで》を斬《き》り飛ばして次の冒険者パーティへと向かう。そんな事を繰《く》り返してあらかた目に付く実力者に付与魔法を掛けたところでスケルトンナイトと斬り結《むす》ぶ近衛騎士が目に入った。

「助太刀《すけだち》するッスよ」

掬《すく》い上げる様に振るわれた大鎌はスケルトンナイトの両足を抵抗なく切断する。ティーダの神器【神の恵みを刈り取る刃】は斬った相手の魔力を吸収する効果がある。その特性は肉体ではなく魔力に依存《いそん》するアンデッドにとって非常に有効だった。

「かたじけない」

ティーダの助勢もありスケルトンナイトを倒した近衛騎士に軽く治癒魔法を掛けながら尋ねる。

「帝国の上層部の対応はどうなってるんッスか?」

「初めはかなりの混乱があったがオーキスト殿下自らが先頭に立った事でなんとか纏まっている。本来皇族の護衛である我々近衛を前線に回し、兵の用意を整えておられる。今しばし持ち堪《こた》えれば援軍《えんぐん》が来る手筈《てはず》だ」

「軍を動かすって事ッスか？」

「うむ。材質にミスリルが混ぜられている我々騎士《きし》の剣《けん》とは違い兵の武器はアンデッドに効きづらい。故に聖水で一時的に聖属性を持たせる為に時間がかかっておるのだ」

「なるほど。ではそれまでに少しでも敵の数を減らして民衆を逃《のが》すべきッスね」

「ああ、私は逃げ遅れた民を避難させる。シスター殿《どの》、此度《こたび》の助太刀感謝いたします」

「あ〜い。汝《なんじ》に神のご加護があらん事を〜」

駆け出した近衛騎士を見送ったティーダは建物の陰から飛び出したデュラハンを構えた盾《たて》ごと両断し周囲を見回した。

「軍が来るって事は雑魚《ざこ》はお任せして良いッスね。私はヤバそうなのを間引きしておくッスか。まさかゆっくり遊ぼうとしていた祝祭でこんな目に遭《あ》うとは……私は日頃《ひごろ》の行いは良い筈なのに不思議ッスね？」

首をかしげながらもティーダは上位アンデッドを次々と斬り捨てながら一際大きな戦闘《せんとう》音がする一角へと足を向けた。


ユウは帝都の中央広場のシンボルである時計塔《とけいとう》に手を掛ける黒いジャイアントスケルト

ンへとまっすぐに肉薄《にくはく》していた。通常のジャイアントスケルトンが人間の三倍から四倍くらいで有るのに対してこの黒いジャイアントスケルトンは十倍はある。変異種である事は明らかだった。既に瓦礫《がれき》と化した建物を足場に跳び上がったユウは神器【終末の戦斧《ピリオド》】を両手で思いっきり振りかぶって斬りつけた。弾かれた様に倒れる黒いジャイアントスケルトンだったが、ユウの戦斧の一撃を受けてなお、その黒光りする骨には僅かな傷が付いたのみだった。

「硬《かた》いですね」

轟音《ごうおん》を上げて振るわれる黒いジャイアントスケルトンの腕《うで》を戦斧の柄《え》で受け止めるが、巨大なジャイアントスケルトンと小柄《こがら》なユウとではその質量に大きな差があり軽々と吹《ふ》き飛ばされてしまう。時計塔に叩きつけられたユウだが、すぐさま瓦礫から抜け出して崩れる時計塔を駆け上がり跳躍する。黒いジャイアントスケルトンが手を伸《の》ばす。

「ふっ！」

ユウは身《み》の丈程《たけほど》もある戦斧を伸ばされた腕に絡《から》める様に添《そ》えて受け流し、丸太の様な骨の上を走りながら魔力を込めた刃を叩きつけて砕き、肩甲骨《けんこうこつ》に立つと戦斧を振り上げる。ユウの神器【終末の戦斧】に特殊《とくしゅ》な効果は無い。ただ頑丈《がんじょう》で、ただ重く、ただ鋭い。その戦斧に渾身《こんしん》の魔力を込めて振り下ろす。凝縮《ぎょうしゅく》された魔力が光の尾《お》を弾きながら肩甲骨、肋《あばら》骨を砕き、黒いジャイアントスケルトンを粉砕した。

「やはり沢山《たくさん》の雑魚を相手にするよりもこういう相手の方が楽ですね」

戦斧を数度振るい、肩に担いだユウは数人の騎士を薙ぎ払っているスケルトンドラゴンを討伐《とうばつ》するべく駆け出した。騎士達を圧倒《あっとう》していたスケルトンドラゴンだが、その尾の一撃をユウは戦斧の柄を地面に突き立てて止めると、フシばった骨を駆け上がる。骨しか無いとは言え、急所は存在する。死んだ体を動かしている魔力の核《かく》があり、それを的確に破壊する事で、最小限の力でアンデッドを止める事ができるのだが、ユウが選んだ方法はもっとシンプルだった。

「はぁぁあ！」

魔力を凝縮して生成される神器に、更に魔力が凝縮される。

「【遍断ち《あまねだ》】」

上空からの一閃《いっせん》。巨大な破壊の力を秘《ひ》めた魔力の刃がスケルトンドラゴンに降りかかり、魔力の核ごとその身を消滅させた。

「よし！　次にいきましょう」

エルザは騎士達を包囲している大量のアンデッドの群れに飛び込みスケルトンやゾンビ

を薙ぎ払った。

「大丈夫《だいじょうぶ》か？」

「すまない、助かった」

アンデッドの群れに一歩踏《ふ》み出すと、エルザ目掛けてスケルトンやゾンビが手を伸ばす。大量のアンデッドを目の前に、エルザの手にする長剣《ちょうけん》の刃に揺らめく炎の様な魔力が増大する。エルザの神器【不死鳥の剣《フェニーチェ・スパーダ》】はエルザが窮地《きゅうち》に陥《おちい》るほど強靭《きょうじん》になり、身体能力が上がる。エルザの周囲の何本もの剣閃《けんせん》が走りアンデッドをバラバラに斬る。

「ふむ。雑魚に囲まれたくらいではこの程度か」

エルザが加勢した事で騎士達は持ち直したようだ。隊長らしき騎士が指示を飛ばす。

「第二小隊は負傷した者を連れて一旦《いったん》退がれ！　第三小隊、第四小隊は逃げ遅れた民の救助、第一小隊は周辺を警戒《けいかい》する！」

騎士達は口々にエルザに礼を言い、自らの役目を果たすために行動を開始した。

「エルザ！」

騎士達と別れ、次の敵へと向かっていたエルザの前にパーティメンバーが駆け寄ってきた。

「お前たち、無事だったか」

「当たり前だろう」

「とにかく、強力なアンデッドから叩くぞ。マルティ、索敵《さくてき》を頼《たの》む。リサは中心で治癒魔法と浄化魔法を。サリナはリサの護衛。私とシシリーで敵を叩く！」

「「「了解《りょうかい》」」」

《鋭き切先》のメンバーはエルザの簡単な指示で素早《すばや》く陣形《じんけい》を整えると、お互《たが》いをフォローしながらレイスを引き連れたエルダーリッチへと向かって行った。

◇

クモの前に盾の様に立ち塞がるアンデッドを凍《こお》らせて砕き、糸をフリューゲルで斬り払いながら走る。その上で群がるゾンビやスケルトンをイーグレットの神器【飢え乾く砂丘《サハラー・ザーフェン》】によって作り出された砂が棘の様に変化して貫く。クモが左手を上げると私のすぐ側《そば》からデュラハンが馬上槍《やり》を突き出して迫る。迎撃《げいげき》の為にフリューゲルを構えようとした私だが、横から泥で出来たドラゴンがデュラハンを噛み砕いた。その頭には複数の【泥人形】を従えたシスティアが居る。

「さっきは助かったわ」

クモの糸による斬撃から助けられた礼を言うとシスティアは肩《かた》を竦《すく》める。

「なに、災害クラスの魔物を相手に有能そうな味方を失いたくなかっただけさ。それに礼ならこっちで頼む」

そう言ってシスティアは片手で輪っかを作ってみせた。

「ふふ、わかったわ。時間が無いし協力して貰《もら》えるかしら？」

「良いだろう」

システィアと短く会話を交《か》わした私は、イーグレットの援護《えんご》を受けて再びクモへと斬りかかった。私の剣を躱したクモがカウンターとして糸による斬撃を繰り出すが、【泥人形】が割り込んで受け止める。更《さら》にイーグレットのシャムシールがクモの首を狙《ねら》うが、それは自らの身体を糸で切断することで躱される。

「【泥沼《マッド・スワンプ》】」

自切した胴体《どうたい》を再生している隙《すき》に石畳に手をついたシスティアの魔法《まほう》で地面が泥に変わり、その脚《あし》を搦《から》め捕り地面へと縛《しば》りつける。

「はっ！」

動きを止めた所にフリューゲルを一閃。クモが咄嗟《とっさ》に出した糸ごと切断し肩の骨を斬る。

しかしクモは妙な薬でも飲んでいるのか、痛みを感じる素振《そぶ》りもなく反撃を仕掛けて来る。

「不味いわね。アンデッドが広場から溢《あふ》れ出すわ」

上空のセイントバードの視界からアンデッドが戦っている人々の包囲を突破《とっぱ》して広場から溢れ出しそうになっているのが見えた。その光景に戦意を喪失《そうしつ》する者も現れ始めている。

「士気が持たないわね」

倒しても倒しても復活するアンデッドとの戦いは体力と共に精神力も大きく消費する。ティーダの【聖属性付与】を受けた武器なら完全に討伐できるが敵の数の方が圧倒的に多い。こちら側の戦線が崩壊《ほうかい》するのは時間の問題だ。

「恐《おそ》れるな！」

その時、広場に声が響き渡った。声の主は目立つ鎧《よろい》を身に着けた青年だった。

「アレは……オーキスト殿下？」

青年はユーティア帝国の皇太子、オーキスト・ユーティアだった。オーキスト殿下はよく通るその声で告げる。

「恐れるな、騎士達よ！　我らの背には守るべき民が居るのだ！　そして勇敢《ゆうかん》なる冒険者や傭兵達《ようへいたち》、義勇の心を持つ者達よ！　帝都を守る為に剣を手にしたその勇姿、このユーティア帝国皇太子オーキスト・ユーティアがしかと心に描き留めた！　アンデッド討伐の暁《あかつき》には、必ずその献身《けんしん》に報《むく》いると約束しよう！　英雄《えいゆう》達よ！　その名を帝国の歴史に刻め！」

　オーキストの演説に地鳴りの様な歓声《かんせい》が上がる。剣を手放していた騎士や兵士は再び剣を構え、報酬《ほうしゅう》と栄誉《えいよ》を約束された冒険者や傭兵は気合が入る。

「士気は何とかなりそうね」

「そうだな、報酬は何処《どこ》に請求《せいきゅう》するべきかと思っていたが、どうやら帝国が払ってくれる様で安心したよ」

　システィアが戯《おど》けて見せる。

「なぁ、エリー。オーキスト殿下の言う報酬ってヤツは商人でも貰えるのかな？」

「活躍《かつやく》すれば貰えると思うわよ」

　更にイーグレットはシャムシールの背で自分の肩をトントンと叩きながら問いかけて来るので私も軽口で返す。会話をしながらも、私達はクモと何度も刃を交える。魔力を纏った糸は何度斬っても無駄《むだ》な様で、クモは直《す》ぐに次の糸を繰り出して来る。

「【操糸《そうし》：斬《ざん》】」

　スキルを使ったのか、クモが放った糸の斬撃はこれまで以上の速度と威力を持っていた。

　両手のシャムシールを交差させて受けたイーグレットだが、衝撃《しょうげき》で数メートルの距離《きょり》を飛ばされる。

「イーグレット！」

「よそ見カ？　【操糸《そうし》：縛《ばく》】」

広範囲《こうはんい》に広げられた糸が私を包み込むように収束してゆく。包囲の一角をフリューゲルで切断し、作り出した逃げ道に飛び込むが、クモの糸の方が僅《わず》かに早く左足首にからみついてしまった。直ぐに切り払おうとしたのだが、足首から糸が這《は》い上がり私の四肢《しし》の動きを奪《うば》ってゆく。

「【傀儡糸《かいらいいし》：獅子《しし》】」

　クモの側で大量の糸が高速で絡み合い獣《けもの》の形をとる。糸で出来た獅子は牙《きば》を剥き跳躍《ちょうやく》すると私の喉元目《のどもとめ》掛《が》けて一直線に迫《せま》る。

「くっ！」

　咄嗟に自身の体ごとクモの糸を凍結《とうけつ》させて砕く。ヤツが初め使っていたミスリル鋼糸なら意味がないが、今私を拘束《こうそく》しているのは魔力から生成された物だ。特別な術式を使っていなければその性質は本物の糸に近いはずだ。予想より少し時間が掛かったが無事糸を砕き切った私は、斜《なな》め前方に転がる様に身を投げ出し、迫る糸の獅子の牙を掠《かす》めながら躱《かわ》した。

「野郎《やろう》！」

イーグレットがシャムシールを上段に構えて斬り掛かる。擦り傷《きず》は多数見えるが軽傷の様だ。むしろ糸の獅子の牙を受けた私の方が怪我《けが》は酷《ひど》い。

「【癒しの水《アクア・ヒール》】」

腕の傷を包み込む様に出現した水の球により傷はゆっくりと治癒《ちゆ》を始める。回復と同時に消毒や解毒《げどく》、解呪を行う複合的な治癒魔法だ。私が傷を回復させている事に気づいたイーグレットが私を背に庇《かば》う様に立ち防御主体での戦いに切り替《か》えた。

「【砂弾《サンド・バレット》】」

「【傀儡糸《かいらいし》：鎧《がい》】」

クモの体に巻き付いた糸が鎧の様に変わる。

「何⁉」

イーグレットが牽制《けんせい》に放った砂の礫《つぶて》を意に返さずにこちらに突っ込んでくる。

「退がって、イーグレット！　【氷塊《アイス・ブロック》】」

イーグレットと入れ替われる様に前に出た私は、巨大な氷の塊を幾つも作り出した。突如《とつじょ》目の前に現れた氷塊に、クモも軌道《きどう》を変える。しかし、その動きを読んでいた私はフリユーゲルを一閃してクモの胴を両断する。

「っ⁉」

人を斬った感覚ではない！

「イーグレット！」

イーグレットに警告を発しようとしたが、既《すで》に遅《おそ》かった。氷塊を砕き現れたクモの糸の斬撃がイーグレットの胸を抉《えぐ》っていた。咄嗟にシャムシールと神器を盾にした様で致命傷《ちめいしょう》ではないが、重傷だ。クモは私が氷塊を出した瞬間《しゅんかん》、糸の鎧を捨て囮《おとり》として、多少のダメージを覚悟《かくご》で氷の雨の中を突っ切ったのだ。私は読み違《ちが》えていた。

「ぐっ！」

イーグレットは胸に受けた傷を無視して一歩を踏み出しクモの腕を掴《つか》む。

「【砂縛《サンド・バインド》】」

砂がクモの体に幾重《いくえ》にも纏わり付きその動きを拘束するのを見て、私は鋭《するど》い氷の剣を作り出してクモへと向けて飛ばす。氷の剣はクモの体を貫《つらぬ》き、イーグレットの砂の拘束か崩《くず》れ去る。

「【泥の軍団《レギオン》】」

すかさずシスティアが作り出した泥人形の集団がクモへと群がり、私はその隙にイーグレットに治癒魔法を施す。

「【癒しの水球】」

イーグレットの胸の傷を治しながらクモの動きを警戒する。この程度で行動不能になるとは思えない。

「システィア、頼みが有るわ」

私がシスティアに耳打ちすると、彼女《かのじょ》は小さく頷く。そして案の定、クモは氷の剣を砕き、泥人形を糸で細切れにして何事も無かったかのようにこちらを向く。

「流石にお前達レベルの相手を三人同時に相手をするのは厳しいナ」

そう言いながらもクモはにニヤケ顔を崩さない。

「【操糸《そうし》：散《さん》】」

治癒が終わっていないイーグレットの前に出た私は、氷塊を作り出し、クモが放射状に放った糸を受ける。なんとか受け止めたが氷塊は粉々に砕けた。

「【泥沼】」

クモの足下《あしもと》が泥に変わり、その足を搦め捕る。

「今度のは切れないぞ【泥波《マッド・ウエーブ》】」

地面に手を突いたシスティアは石畳を泥に変え、その泥を高く持ち上げて津波《つなみ》の様にクモを押《お》しつぶす。

「【操糸《そうし》：球《きゆう》】」

しかし、クモは自分を中心に糸を球状に硬め、大量の泥の質量を凌《しの》ぎ切って見せた。その後も暇《いとま》無く振るわれる魔力《まりよく》の込められた強力な糸の斬撃をシスティアの【泥人形】を盾にする事でなんとか凌ぐ。イーグレットの回復まであと数分と言ったところか。それで持たせるしかない。

「これナらどうカ【傀儡糸《かいらいし》：龍《りゆう》】」

クモの魔力を纏った糸が次々に折り重なり、一体の巨大《きよだい》なドラゴンへと形を変える。まさかここまでの魔力を保有していたとは予想外だ。このクモという男、間違《まちが》いなくAクラス上位に届く実力がある。糸のドラゴンは巨大な腕を振り上げる。

「不味い」

イーグレットはまだ治療《ちりよう》中で直ぐには動けない。私が躱せばイーグレットは死ぬ。糸のドラゴンに込められた魔力から考えて氷での防御《ぼうぎよ》は難しいだろう。

「エリー！　俺《おれ》はいい、逃げろ！」

イーグレットの叫びが遠くから聞こえた様な気がした。今までにない命の危機に、自然と思考が加速する。周囲の光景が色を失いゆっくりと時間が流れる感覚。不意に今なら出来るという根拠《こんきよ》のない自信が湧《わ》いてきた。今まで構想はあったが実現出来なかったあの魔法。あの『化け物』を化け物たらしめている魔法。

「白銀の氷王よ　我が身を喰《く》らえ　その権能を今ここに【氷精化】」

変質した魔力が私の体に流《なが》れ込み、自身の体が人間意外の何かに作り変わる感覚。【嫉妬の魔導書】であの化け物、雷神《らいじん》ブラートの神器を模倣《もほう》し【雷精化】を使った時と同じ感覚だ。あの時より馴《な》じみは良いが、練度の問題か、はたまた私の魔力量の問題か、完全に【氷精化】に成功しているのは片腕のみ。時間も数秒しか持ちそうにない。

「でも今はそれで十分」

私は氷の精霊《せいれい》と化した右腕《みぎうで》を振り抜《ぬ》く。凍結と言う概念《がいねん》そのものとなった私の腕は糸のドラゴンを凍らせて砕《くだ》く。

「馬鹿ナ！　己《おのれ》の身を精霊に変化させるだと！　そんな物はもはや人間の魔法ではない！」

「生憎《あいにく》と私が狙っている相手は人間の領域を超《こ》えた化け物なのよ」

魔力切れによって【氷精化】が解かれた私の右腕は酷い凍傷《とうしょう》を負い、焼ける様な熱を感じる。クモはそんな満身創痍《まんしんそうい》の私を見て今までの獲物《えもの》を弄《もてあそ》ぶ様な空気を一切《いっさい》消し去り、濃《のう》密《みっ》な殺気を放つ。

「お前は……お前は危険だ！　この場で確実に殺す。たとえそれガ若の意に反するとしても！」

「若？」

「【傀儡糸：龍】

「ぐっ！　させるか！」

イーグレットが傷を押して私の前に立つ。

「退けぇ！」

糸のドラゴンの攻撃《こうげき》がイーグレットの体を回り込む様に私を狙う。

「エリー！」

「……大丈夫」

私は今にも飛びそうな意識の中、イーグレットにそう返した。

「時間切れよ」

頭上に大きな影が差す。周囲の建物の屋根を伝う巨大な泥の蛇《へび》の頭から飛び降りた影が、私に向かっていた糸のドラゴンを瞬《まばた》きの間で細切れに変える。それをなしたのは一人の老騎士だ。

「あ、貴方は……」

目を丸くするイーグレットを他所《よそ》に、私は腕を押さえながら軽く頭を下げる。

「お助けいただき感謝致《いた》します。ロードストス様」

ユーティア帝国騎士団《ていこくきしだん》総長、マティアス・ロードストス。帝国最強の騎士が戦場に現れたのだった。

「遅くなって済まぬ。貴殿《きでん》らの奮戦に感謝と敬意を」

マティアスはクモを睨《にら》みながら短く私達を労《ねぎら》った。

「おい、無事か！」

マティアスをこの場に連れてきたシスティアが私に駆《か》け寄ると上級ポーションを取り出し私の右腕に振りかける。【視覚同調】の魔法でマティアスが帝都に出た事に気づいた私は、システィアにクモの情報を彼《かれ》に伝える様に頼んだのだ。クモの目を誤魔化《ごまか》す為に大量の【泥人形】を作った上、巨大な泥の津波を目眩《めくら》ましにしてマティアスの元に向かってくれた。後はマティアスが来るまで時間を稼《かせ》げば良い。しかし、あの糸のドラゴンは流石に危なかった。システィアが間に合ってくれて助かったわね。

「悪いわね」

「ポーションの代金はあとで請求するぞ」

「ふふ、構わないわ」

凍傷を負った右腕は上級ポーションを使っても治りが悪い。ただの凍傷ではなく【氷精化】の反動による物だからだろうか。借り物の力ではなく、自分自身の力での精霊化魔法、その代償《だいしょう》がこれ程《ほど》とはね。

「くっ！」

マティアスと睨み合っているクモは一歩も動いていない。いや動けないのだろう。マティアスは数々の戦争や討伐で活躍した歴戦の勇士だ。その実力はSランク冒険者《ぼうけんしゃ》に匹敵《ひってき》する。バアルが自分より格上だと認める強者だ。私も戦闘体勢のマティアスの姿を見るのは初めてだけれど、実際に目にするとその実力がよく分かる。クモは如何《どう》にかして距離を取ろうとしているようだが、その一歩を踏み出せば待っているのは死だ。

「マティアス・ロードストス。予想外だナ。まさか皇帝《こうてい》の側を離《はな》れるとはおもわナかた」

「ふん。貴様が首謀者《しゅぼうしゃ》か。皇帝陛下の宝たる臣民に手を出した事を悔《く》やみながら死ぬが良い」

マティアスの殺気にクモが思わず右足を引いた瞬間、その足が斬り飛ばされる。マティアスはその場を動いておらず、剣に手すら掛《か》けていない。いや、そう見えるだけかも知れない。

「ぐっ！」

初めてクモの顔に焦《あせ》りの色が浮《う》かぶ。マティアスがゆっくりと剣を抜く。瞬間、クモはマティアスに大量の糸を放ちながら全力で逃走《とうそう》する。失った足の代わりに糸で作り出した義足を使い駆けるが、マティアスの剣は既に振るわれ、鞘《さや》に収められるところだった。

キンという軽い鍔《つば》鳴りの音と共にクモは血霧《ちぎり》となって消滅《しょうめつ》する。剣でどうやったらあの様な芸当ができるのか理解できないが、流石《さすが》にアレでは生存は不可能だろう。

クモが死んだからか、死者の宝玉が消滅したからか、暴れ回っていたアンデッドも消滅し始めた様だ。

「帝都襲撃《しゅうげき》の下手人は討《う》ち取った。我らの勝利である！」

マティアスの宣言に多くの兵の勝鬨《かちどき》の声が聞こえて来た。立ち去るマティアスの背を見送りながら私は一人考えていた。あの時、クモが口にした『若』なる人物。おそらく組織のリーダーだろう。その人物にとって私が邪魔《じゃま》になるとやつは判断した。しかし、私を排《はい》除《じょ》する事が『若』の意に反する可能性もあった。どういう事だろうか？

「ダメね。思考が纏《まと》まらない」

「何をブツブツ言ってるんだ。今は休め、エリー」

イーグレットの肩を借りて立ち上がった私はそこで意識を失ってしまった。

◆

数日後、とある一室でロットン・フライウォークの姿をした男、ナナフシが跪《ひざまず》いて頭を垂れていた。その前には一人掛けのソファに腰《こし》を下ろす男と背後に控《ひか》える薄布《うすぬの》を重ねた扇《せん》情《じょう》的な姿のカラスが居る。

「混乱に乗じて宮廷《きゅうてい》に数人、軍や騎士の中にもこちらの手の者を送《おく》り込みました」

「ふむ。クモはいい仕事をしたな。それで例の物は？」

「はい、若。こちらです」

ナナフシが取り出した小瓶を男に差し出した。それをカラスが受け取り男に手渡《てわた》す。小瓶の中には赤いシミがついた布切れが淡《あわ》く光る薬液に浸《ひた》され浮かんでいる。

「エリー・レイスの養女、アリス・レイスの血液です。アンデッドに襲《おそ》わせた混乱に乗じて直接入手しました。ご覧の通り血液に含《ふく》まれる魔力量は明らかに人間の域を超えています」

「そうか。ではやはり……」

「はい。あのアリスという少女、例のファイアドレイクの魔力結晶《まりよくけっしょう》の触媒《しょくばい》となっていた人造精霊の実験体だと思われます」

「しかし、人造精霊はどれも失敗作だった筈《はず》では？」

カラスの言葉に男も顎《あご》に手をやり瞑目《めいもく》する。

「考えられる可能性としてはイブの魔力を受けて目醒《めざ》めたというところか」

「有り得るのですか？」

「さぁな。だが実際に人造精霊は生きて動いている」

男とカラスの会話を黙《だま》って聞いていたナナフシが遠慮《えんりょ》がちに割りこむ。

「若。もう一つ報告があります」

「なんだ？」

「人造精霊の保有する魔力資質についてです」

「魔力資質？」

「資料によるとファイアドレイクの変異実験に使用されていた人造精霊の魔力資質は火属性。しかし、そのアリスの血液から発せられた魔力には火属性と水属性の二つが確認《かくにん》されています」

「二属性か……実に面白《おもしろ》いな」

男は楽しげに口角を上げて笑った。

◇

祝祭の最終日に起こった惨劇《さんげき》から十日、私は自分の屋敷《やしき》で今回の騒動《そうどう》の報告書に目を通していた。イーグレットによって屋敷に届けられた私はまる三日間眠《ねむ》っていた。右腕の凍傷は幸い後遺症《こういしょう》などは残らないようだが、完治まで数ヶ月は掛かるとの事だ。ミレイに絶対安静を言い渡《わた》された。私は大丈夫だと言ったのだが、ミレイに半泣きでキャロルを抱《かか》えたアリスを私のベッドに放りこまれた事で観念し、一週間を療養《りょうよう》し過ごす事になった。

「私が療養している間に色々とあったようね」

「はい。それでもまだ騒動は終わりを見せておりません」

帝都では未《いま》だに混乱が続いており、犠牲《ぎせい》になった人々の身元を照合するだけでもまだまだ時間が掛かるだろう。そしてあのクモという男が潜伏《せんぷく》していた廃墟《はいきょ》が見つかり調査が入った。そこで今回のテロを組織に依頼《いらい》した者がフリードである事を示す書類が見つかった。帝国はこの証拠《しょうこ》を持って王国に正式に抗議《こうぎ》するらしい。帝都でこれだけの事件を起こしたのだ、戦争になってもおかしくはない。私はこの報告を持ってきたミレイに視線を向ける。

「この情報は確かなの？」

「はい。廃屋《はいおく》を調べていた騎士に貼《は》り付けた者が持ち帰った情報です」

「そう……」

「エリー様は今回の件にフリードが関わっていないとお考えですか？」

「そうね。どうも引っ掛かるのよ。今まで私がその存在すら察知していなかった組織が依《い》頼人《らいにん》のやり取りをアジトに残すなんてミスをするかしら？」

「それは……」

「それにこのやり口。確かにフリードなら帝国で騒《さわ》ぎを起こしてやれなんて短絡的《たんらくてき》な考えでやりそうではあるわ」

「そうですね。前科もありますし」

ミレイの言う前科とは以前のサージャスとの紛争《ふんそう》や贋金騒動《にせがねそうどう》の件だろう。

「でもテロに死者の宝玉を使うなんてあのバカが思いつくかしら？」

死者の宝玉は強力ではあるが、故王国時代の文献《ぶんけん》を深く読み進めないとその存在すら知る事は出来ない。

「フリードが依頼したという話はフェイクなのでしょうか？」

「その可能性が大きいと思うわ。それに今、ハルドリアにはアデルが居る。あの子がフリードの頭を押さえている中で正体不明の組織に接触《せっしょく》して依頼するなんて事があのフリードにできるとは思えないでしょう？」

「確かに」

「だからミレイ。今回の事件の裏にはフリードとは別の人間、もしくは組織とやらの思惑《おもわく》が絡んでいる事を念頭に置いて調査してちょうだい」

「畏《かしこ》まりました」

「それともう一つ【遮音《サイレント》】」

私としてはこちらの方が大きな問題だ。【暴食の魔導書】を具現化し、情報を周囲に決して漏《も》らさないよう魔法を掛ける。

「エリー様？」

「ミレイ。これから話す事はトップシークレットよ」

ミレイが頷《うなず》くのを確認して私は口を開く。

「帝国商業ギルド評議会評議員《千里眼》のロットン・フライウォーク。彼はおそらく私達と敵対する事になるわ」

「フライウォーク氏が⁉　しかし、彼は戦闘の中、アリスを守ってくれましたが……」

「ええ。知っているわ。あの時、私は契約《けいやく》した魔物《まもの》と視界を共有する【視覚同調】の魔法を使っていた。私が召喚《しょうかん》したセイントバードの視界を使って周囲の状況《じょうきょう》を把握《はあく》しようとして使った魔法だけれど、あの時、キャロルの視界も同時に見えていたのよ」

「キャロルの……」

「あの時、ロットンはアリスの血を採取していたわ。何を企《たくら》んでいるのかはわからないけれど、アリスの出自を考えるとその行動は怪《あや》しすぎる。下手をしたらロットンはクモとも通じていてアリスを狙い今回の騒動を起こした可能性すらあるわ」

「まさか！」

「アリスは水属性と火属性の二つの魔力適正を持っている。それを知って狙っているのか、あの謎《なぞ》の結晶《けっしょう》に包まれてファイアドレイクの体内に居た事に関係しているのか、現状では不明だけれどロットン・フライウォークは今後最重要警戒対象とするわ」

「はい」

「できる限りの情報を集めて欲《ほ》しいけれど、相手はあの《千里眼》よ。くれぐれも慎重《しんちょう》にね」

「畏まりました」

◆

ハルドリア王国の王都、その中心にある王城の更に奥《おく》に厳重に警備された区画が有った。

その区間にある執務《しつむ》室《しつ》でアデルは目を通していた書類にサインを入れた後、ゆっくりと伸《の》びをした。

「アデル様、はしたないですよ」

「良いじゃないか、誰《だれ》も見てないんだし」

「私が見ています」

口を尖《とが》らせて文句を言うアデルに真面目な顔で注意するマオレン。この執務室ではよく目にする光景だった。

「エイワスはちゃんとやっているかな?」

「如何でしょうか、あの御仁《ごじん》は少々読み辛《づら》いと感じましたが」

「そうだね、でも優秀《ゆうしゅう》なんだよ。仕方ないから手元に置くけど、警戒は緩《ゆる》めないようにね」

「はい」

「ロゼリアが一緒《いっしょ》に居るからそう酷い事にはならないだろうけど……ロゼリアは酷い目にあっているかもしれないな」

「そうですね。おかえりになったらしっかりと労って差し上げるべきですね」

「そうだね……ところでさぁ」

アデルは思い出した様に冷めたお茶を口にしながらマオレンに問いかけた。

「……兄上はどうしてるの?」

「報告によりますと真面目に仕事をされて居る様です。見張りについている者の話ではほとんどご自分の宮から出ずに過ごされているようです。シルビア嬢《じょう》の方はようやく自らの状況に気付いたのか、少々焦りが見えますが、まぁ何も出来ないでしょう」

「そうだね。てっきりボク達の方にすり寄ってくると思っていたんだけど」

「今の所そのような様子はありませんね。ところでそろそろお時間になります」

「分かった、行こうか」

アデルはこれから何人かの貴族と面会する予定だ。少しずつまともな貴族を自陣《じじん》に引き込《こ》んで行く予定だ。

◇

「エリー会長、商会関係の被害《ひがい》報告のまとめが上がって来ました」

「ありがとう、ルノア」

ルノアから受け取った報告書に目を通す。

「やはり商会員にも被害者が出ているわね」

クモによって行われたアンデッド事件の被害報告書の中には私の商会で働いていた人間

も居た。

「ルノア、財務担当者に被害者の遺族へ見舞金《みまいきん》を手配する様に指示を出してくれる？」

「はい」

「ミーシャは人事に行って今回の件で夫を失った者に働き口を紹介《しょうかい》できる様に手配を」

「畏まりました」

二人が執務室を出た後、ミレイから珈琲《コーヒー》を受け取った。

「以前のキングポイズンスライム以上の被害ですね」

「ええ。アンデッドが直接帝都内で暴れたのだから当然よ。それも高位アンデッドも複数確認されたしね」

口の中の苦味を相殺《そうさい》するようにクッキーを一つ摘《つま》む。

「それで、クモが所属している組織の裏に居る人間の目星はついたのかしら？」

「いえ、まだです。バアルに動いて貰っていますが、フリードが依頼した証拠が出るだけで他の者の痕跡《こんせき》は一切有りません」

「厄介《やっかい》ね。帝国の動きは？」

「帝国も初めはあからさまに出てくるフリードが依頼したという証拠に疑いの目を持っていた様ですが、追加で出てくる証拠と、事件の前日、宮廷に滞在《たいざい》していたハルドリア王国の使節団が予定を繰《く》り上げて帰国した事でハルドリア王国の陰謀《いんぼう》説を唱える貴族が多く出ています。皇族は慎重に動くべきとしていますが、全体の動きとしては開戦派がやや優勢といったところでしょうか」

「お兄様やロゼリア達とフリードが共謀《きょうぼう》するなんて有り得ないでしょう？」

「帝国貴族から見れば王国の者に違いは有りません。不仲に見えて水面下で繋《つな》がっているなんて事はよくある事ですし」

「ロゼリア達も不味《まず》いタイミングで動いたものね」

「ですがこれは好機なのではありませんか？　ここで帝国側の過激派貴族を煽《あお》れば開戦へと持ち込めます。当初の予定とは大きく変わりますが、帝国の戦力を当てにできるのは都合が良いのでは？」

　確かに以前の私なら迷わずミレイの案を実行しただろう。戦略物資の価格を操作して開戦の機運を高め、軍派閥《はばつ》の貴族を持ち上げれば開戦に持ち込むと同時に商会として軍の補給に噛《か》む事もできただろう。

「今回はその手は使えないわ」

「何故《なぜ》ですか？」

「戦争になれば民に犠牲が出る。ロゼリアとの契約で故意に民の犠牲を伴《ともな》う策は使えなくなったのよ」

「ロゼリア様と！　一体いつの間に……」

「それについては後で説明するけど、今後の方針としては民に犠牲は出さずに王家や貴族のみを標的に据《す》えて動く事になるわね」

ちなみに私が干渉《かんしょう》せずに開戦が決まった場合、帝国側としてその戦争に参加する事はできる。これが魔《ま》法契約《ほうけいやく》のややこしいところだ。私が能動的に動くのはダメだが、不干渉で戦争が起った場合は契約違反《いはん》にはならないのだ。

「面倒な制約を受けてしまったけれど、それは向こうも同じ事」

「と言いますと？」

「ロゼリアは素直過ぎる。だから勘違いをするのよ。契約とは一方だけにではなく、双方に課せられる物なのよ」

そう言って私は僅かに口角を上げるのだった。

◇◆☆◆◇

『帝都の中央広場に設けられた慰《い》霊碑《れいひ》には多くの帝国臣民の名が刻まれている。しかしこの慰霊碑が一体何故造られたのか、その理由は伝わっていない。しかし、五年に一度の祝祭の日にはパレードの後、この慰霊碑に皇族が祈《いの》りを捧《ささ》げる事が恒例《こうれい》となっている事から、皇室にはこの慰霊碑の詳細《しょうさい》が伝わっている事が覗《うかが》われる。慰霊碑が立てられた年代を探《さぐ》り、当時の記録を検《あらた》めるとハルドリア王国（現ハルドリア公国）との関係が急激に悪化した時期に近く、両国の間に何かしらの事件があった可能性も考えられるのではないだろうか』

「ふう」

リンダは書き上げた原稿《げんこう》を確認して背伸《せの》びをする。会社に泊《と》まり込みで仕事をした事で何とか締切《しめきり》に間に合った。今回の仕事は長年謎とされていた帝国の歴史を探るシリーズの第一弾だ。リンダが初めて一から立ち上げた企画《きかく》なので絶対に成功させたい。

「よし。後は来月分の調査の日程を調整しておかないと……」

帝国出版編集部　ある日の深夜

あとがき

初めまして。あるいはお久しぶりです。はぐれメタボです。
この度は拙作『ブチ切れ令嬢は報復を誓いました。 5～魔導書の力で祖国を叩き潰します～』を手に取って頂き、ありがとうございます。

五作目となる本作を執筆するにあたり、担当編集様との相談した結果、webで掲載させていただいている同作とは今後のストーリーを大きく変更させて頂く事になりました。それというのもwebのストーリーでは残り一、二冊で完結する事になるのです。本作は読者の皆様の応援により、大変ありがたい事にもう少し続けるお許しを頂く事が出来ました。アイデアだけだったエリー達の活躍を書く事が出来て嬉しく思います。

今作では多少変則的ではありますが、異世界ファンタジーの定番である武術大会やお祭りを書く事が出来ました。更にアリスの元にはマスコット的小動物がやってきました。キャロルは当初、手乗りサイズのドラゴンだったのですが、無事もふもふのカーバンクルと成ることが出来ました。昌未様よりかわいいキャロルとアリスのイラストを頂いた時にカーバンクルに変えてよかったと思ったものです。

さて、最近あった大きな出来事なのですが、実は転職をいたしました。諸事情により以前の職場がなくなってしまったのです。その際、ハローワークで失業手当の申請をしたのですが、副業での収入が非常に不定期かつ不安定だった為、職員の方を大いに悩ませてしまいました。その後、二か月程の就職活動を経て無事新しい職場が決まりました。しかしながら無職の期間をだらだらと過ごしていた私は九月の気温に耐えられず熱中症で病院送りにされるのでした。このあとがきを書いている時は涼しいを通り越して寒いと感じる毎日ですが、また夏になるとあの暑さが来るのかと戦々恐々とする日々です。皆様も体調には十分にお気をつけください。

ここからは謝辞を。

イラストレーターの昌未様。毎度、かわいく、かっこいいイラストを描いて頂きありがとうございます。昌未様のデザインのおかげでつい活躍が増えてしまうキャラクターが多く自分でも驚きです。

コミカライズをして頂いている漫画家のおおのいも様。エリー達の魅力を数倍にして描いて頂いたことで、漫画から拙作を知り、多くの方が小説を手に取ってくれる切っ掛けとなっているようです。大変ありがたく思っております。

担当していただいているS様。書下ろしに悩んでいる時にいろいろなアイデアや展開の切っ掛けを頂きありがとうございます。おかげで一人では書けなかった作品となり、私自身も楽しませていただく事が出来ました。

そして本書の出版に尽力して頂いた多くの方々に深く感謝しております。

皆様に履かせていただいた下駄は、高くなりすぎて最早下駄とは呼べない代物となっており、そろそろ違う表現を考えなければいけないと思っておりますが、その悩みは未来の自分にまかせる事に致します。

最後になりましたが、読者の皆様。

こうして贅沢な悩みが出来るのも皆様の応援のおかげに他なりません。

本当にありがとうございました。

コミカライズ版
ブチ切れ令嬢は報復を誓いました。
―魔導書の力で祖国を叩き潰します―
漫画 おおのいも
原作 はぐれメタボ
キャラクター原案 昌末
HJ COMICS
コミックス
1~3巻
大好評発売中!!
『コミックファイア』にて
大好評連載中!!
https://firecross.jp/comic

次巻予告
雷龍の角を武器に加工するため
エリーはドワーフの街へ！
大逆転
復讐ざまぁファンタジー、
第6弾!!
ブチ切れ令嬢は報復を誓いました。
The Furious Princess Decided to Take Revenge
―魔導書の力で祖国を叩き潰します―
6
2024年発売予定!!

HJ NOVELS
HJN66-05

ブチ切れ令嬢は報復を誓いました。5
〜魔導書の力で祖国を叩き潰します〜

2024年1月19日　初版発行

著者——はぐれメタボ

発行者—松下大介
発行所—株式会社ホビージャパン
〒151-0053
東京都渋谷区代々木2-15-8
電話　03(5304)7604（編集）
　　　03(5304)9112（営業）

印刷所——大日本印刷株式会社

装丁——BELL'S GRAPHICS／株式会社エストール

ISBN978-4-7986-3369-5　C0076

ファンレター、作品のご感想お待ちしております
〒151−0053　東京都渋谷区代々木2−15−8
(株)ホビージャパン HJノベルス編集部 気付
はぐれメタボ 先生／昌未 先生